대한의 독립을 노래한 소리꾼 이화중선

아리 아리 아라리요

대한의 독립을 노래한 소리꾼 이화중선

아리 아리 아라리요

글 김양오 · 그림 김영혜

"사과나무에 사과가 열리듯이 나는 운명처럼 작품을 썼다."

프랑스의 작곡가 카미유 생상스의 말입니다. 이 작품을 쓰는 내내
이 말이 자주 떠올랐습니다. 2년 전 남원 향토사학자 김용근 선생님
께 처음으로 이화중선에 대한 이야기를 듣고 저는 뭔가에 홀린 듯 이
화중선의 발자취를 찾아다녔습니다. 김용근 선생님이 평생 발품을
팔아 긁어모은 귀중한 자료들과 제가 찾은 일제 강점기 신문 기사,
연구 논문을 보면서 이화중선과 판소리 명창들, 그리고 우리 민족의
삶에 푹 빠져들었습니다.

당시 예술인들의 삶을 이해하기 위해 판소리도 배우고 조갑녀류
남원춤도 배웠습니다. 일제 치하 우리 민족의 삶을 명확히 알기 위해
서울 식민지역사박물관과 전쟁기념관, 부산 국립일제강제동원역사
관에 가서 수많은 사진과 영상, 기록물을 꼼꼼히 살폈습니다. 코로나
19 사태가 풀리자마자 징용 현장인 일본 후쿠오카, 나가사키와 군함
도까지 다녀왔습니다. 그렇게 깊숙이 들어가서 만난 일제 강점기는
그동안 알고 있었던 것보다 훨씬 처참했고 일본이 일으킨 태평양 전

쟁은 그야말로 광풍이었다는 것을 깨달았습니다.

그렇게 1년 넘게 배우고 찾아다닌 뒤 글을 쓰기 시작했는데 신기하게도 이화중선과 관련 있는 인물들과 사건들이 하나하나 쏙쏙 등장했습니다. 그래서 처음 구상했던 것과는 다른 새로운 길을 가게 되었습니다. 작품 속 인물들이 자신들의 이야기를 세상에 들려주려는 듯했습니다. 저는 그분들이 들려주는 이야기를 열심히 듣고 키보드를 두드려 써댔습니다. 생상스의 말처럼, 이건 운명이었습니다.

미리 말하지만 이 책은 매우 슬픕니다. 시대 자체가 슬프고 힘든 시기였지만 소리꾼들은 유독 슬프고 고통스러운 현장을 찾아다녔습니다. 소리꾼들은 편하고 돈 많이 주는 곳만 찾아갔어도 되었을 텐데, 그들은 왜 굳이 힘든 곳을 찾아다녔을까요?

그 당시 소리꾼들은 굶주려 죽어가는 사람들을 돕기 위해서, 큰 화재로 삶의 터전을 잃은 사람들을 돕기 위해서, 학교를 못 가는 사람들을 위해 만든 야학을 돕기 위해서, 전국의 수재민들을 살리기 위해서 수없이 판소리를 했습니다. 그뿐만이 아닙니다. 일본이 없애버리려고 발악했던 우리 민족의 정신과 문화를 지키고자 '춘향제'라는 축제를 만들어 냈고, 중국 만주까지 독립 자금을 전달하는 위험한 일도 마다하지 않았습니다. 강제로 동원되어 일본의 군수 공장과 탄광에서 일하던 사람들을 위해 일본까지 가서 위문 공연을 했습니다.

요즘 '기백'이라는 단어가 새롭게 다가옵니다. 기백은 씩씩하고 굳세며 힘찬 정신을 말합니다. 이화중선과 그 시대 국악인들이 이렇게 대단한 일을 할 수 있었던 것은 그분들에게 힘찬 기백이 있었기 때문입니다. 우리의 노래와 춤이 일본에서 들어온 가요와 춤에 밀려나 설 자리를 빼앗기던 시절이었지만 옛 명창들의 사진을 보면 얼굴에 당당한 기백이 흐르고 있습니다. 한반도 팔도강산을 찾아다니며 소리 수련을 할 때 대자연의 기운이 그분들의 몸과 마음에 담뿍 스며들었겠지요.

그런 기백을 담아서 어렵게 물려주신 판소리와 우리 국악이 지금은 일제 강점기 때보다 더 많이 설 자리를 잃었습니다. 서양 음악도 좋지만 우리 음악의 아름다움도 더 많은 사람이 알고 관심 가져주었으면 좋겠습니다.

　이화중선과 여러 소리꾼이 피를 토하며 수련했던 지리산 구룡계곡
과 구룡폭포는 지금도 변함없이 힘차게 물줄기를 쏟아내고 있습니
다. 봄·여름·가을·겨울 사계절이 어김없이 돌아오는 것처럼 언젠
가 우리 소리가 삼천리금수강산에 쩌렁쩌렁 다시 울려 퍼질 날이 올
거라 믿습니다. 그 소리 따라서 우리 민족의 기백도 다시 살아나 갈
라진 한반도를 이어내고, 팔도강산을 맘껏 여행할 날이 분명코 오리
라는 것도 믿습니다.

2023년 6월 26일
김양오

차례

출항

1943년 12월 부산항. 수천 명이 탈 수 있는 거대한 여객선이 욱일기◆를 펄럭이며 사람들을 빨아들이고 있었다. 사람들은 차가운 바닷바람에 몸을 움츠린 채 무거운 발걸음을 옮겼다. 작은 짐 보따리를 들고 있는 사람도 간혹 있었지만 대부분 빈손이었다. 그 먼 길을 가는데 짐 하나도 없이 배에 오르고 있는 사람들, 그들은 일본이 일으킨 전쟁에 강제로 동원된 사람들이었다.

수많은 조선인이 전쟁터인지 군수 공장인지 탄광인지, 하다못해 어느 나라로 가는지도 모르고 끌려가고 있었다. 그중에는 여자도 많았다. 목덜미가 훤히 드러나도록 짧게 자른 머리에 짧은 치마저고리

◆   제2차 세계 대전 독일 나치의 하켄크로이츠처럼 군국주의를 상징하는 전범기

를 입은 여자들은 추위와 공포에 오들오들 떨면서 걸었다. 두꺼운 외투를 입은 사람은 거의 없었다.

징용자들은 배의 가장 아래 칸에 타야 했다. 침대는커녕 의자도 없는 맨바닥에 짐짝처럼 차곡차곡 앉았다. 바닥은 차갑고 눅눅하고 지저분했으며, 군데군데 변기통만 있을 뿐이었다. 어디로 끌려가는지 알 수 없다는 두려움도 컸지만 이대로 고향을 떠나면 언제 다시 돌아올지 모른다는 생각이 이들을 더욱 힘들게 했다. 자신들을 찾아 헤매고 있을 가족과 친구들 생각에 눈물이 마르지 않았다.

부우웅 부우웅

고동 소리를 울리며 배가 움직이기 시작했다. 높은 굴뚝에서 시커먼 증기를 내뿜으며 거대한 쇳덩어리가 남쪽으로 먼 항해를 시작했다.

부두에서는 군악대가 힘찬 군가를 연주하고 수많은 사람이 잘 갔다 오라며 소리를 질렀다. 천황폐하를 위한 성스러운 전쟁에 동원된 사람들이니 환송해 주라며 억지로 끌려 나온 부산 사람들이었다. 사람들은 손에 든 욱일기를 흔들며 군악대의 연주에 맞춰 노래를 불렀다.

"덴노 헤이카 반자이!"

"덴노 헤이카 반자이!"

"덴노 헤이카 반자이!"

사람들은 '천황 폐하 만세'를 일본말로 세 번이나 부르고 나서야 학

교로 집으로 일터로 돌아갈 수 있었다. 배는 점점 더 멀리 나아갔다. 갈매기들이 배를 뒤쫓다가 되돌아갔다.

배는 하루 종일 바다를 가르며 남쪽으로, 남쪽으로 내려갔다. 난생처음 배를 탄 사람들의 배 속이 요동쳤다. 겨우 주먹밥 한 덩이씩 먹은 배 속은 거의 비어 있었지만, 뱃멀미로 서로 변기통을 붙잡느라 야단이었다. 사용할 수 있는 변기통이 없어 배의 난간을 붙잡고 바다에 토하는 사람들도 있었다. 배 속에 물 한 방울 남지 않을 때까지 토하고 또 토하고 나서야 속이 가라앉았다. 사람들은 기진맥진해서 슬픔이고 분노고 두려움이고 배고픔이고 느낄 새도 없이 지쳐 쓰러져 곯아떨어졌다. 흔들리는 여객선의 밤이 점점 깊어져 갔다.

이등칸에 타고 있던 이화중선은 밤새 뒤척이다 일어났다. 객실에 있는 사람들은 모두 자고 있었다. 혹시라도 누군가 깨지 않도록 조용히 갑판으로 올라갔다.

이화중선은 음반을 녹음하러 일본에 여러 번 다녔던 터라 긴 항해에 익숙했지만 10여 년 만에 배를 타니 속이 편치 않았다. 더군다나 이제 나이도 40대 중반이라 몸이 예전 같지 않았다. 바닷바람을 쐬자 울렁거리던 속이 훨씬 개운해졌다.

"누이, 여기 있었소? 속이 안 좋소?"

동생 화성이 쫓아 나왔다.

"왜 안 자고 나오냐?"

"누이가 없어져서 나왔지."

"걱정은. 내가 일본을 한두 번 다녔다니? 걱정하지 말고 어서 들어가서 자."

"아니요. 나도 다 잤소. 바람이나 쐽시다."

두 사람은 난간을 붙잡고 서서 바닷바람을 맞았다. 동쪽 하늘에서 푸르스름한 빛이 번지기 시작했다. 두어 시간 뒤면 동이 틀 것이다. 이제 바람이 그리 차지 않은 것을 보니 일본에 다 와 간다는 것을 느낄 수 있었다.

이화중선은 삼등칸에 탄 징용자들을 생각하면 억장이 무너졌다. 1년 전에 대동가극단의 젊은 단원들도 그렇게 갑자기 끌려갔다. 그리고 지금까지 그중 누구에게서도 편지 한 통 없었다. 나가사키로 간다는 말만 전해 들었을 뿐 아무것도 알 수 없었다. 그래서 이화중선 일행은 단원들을 찾아 나가사키로 가고 있는 것이다. 별들이 손에 닿을 것처럼 하늘을 꽉 채우고 있었다.

"누이, 사람이 죽으면 진짜 하늘의 별이 될까?"

"글쎄다. 그게 맞다면 저 중에서 절반은 일제 치하에서 죽은 조선 사람들일 게다."

"그러게 말이오. 굶어 죽고, 일본 놈한테 맞아 죽고, 전쟁터에서 죽고, 일하다 죽고, 독립운동하다 죽고…."

"우리 단원들은 어디서 살아 있기나 한 건지."

"살아있기만 하면 좋으련만."

두 사람은 별을 보며 옛날 생각에 젖어 들었다.

날 저무는 하늘에 별이 삼 형제

반짝반짝 정답게 지내이더니

웬일인지 별 하나 보이지 않고

남은 별이 둘이서 눈물 흘린다.◆

　노래를 부르는 이화중선의 목소리가 바람을 타고 깜깜한 바다에 안개처럼 퍼져나갔다.

◆　〈형제별〉,《어린이》1권 8호, 1923.

우리 살림 우리 것으로

추월은 만정허여 산호주렴에 비치어 들 제

청천의 외기러기는 월하에 높이 떠서

뚜루루루루루루 끼룩 울음을 울고 가니

심황후 기가 막혀 기러기 불러 말을 헌다.◆

　구슬픈 노랫소리가 경복궁 마당에 울려 퍼졌다. 하얀 무명 치마저
고리를 입은 키 작은 여인이 뽑아내는 〈심청가〉의 한 대목 '추월만정'
이었다. 조선물산장려회에서 주최한 전국 판소리 명창 대회를 보러

◆ 〈심청가〉 중 '추월만정', 이화중선

온 수천 명의 사람들은 숨소리 하나 내지 못했다.

오느냐? 저 기럭아.

소중랑 북해상의 편지 전하던 기러기냐?

도화동을 가거들랑 불쌍허신 우리 부친 전에 편지 일 장 전하여다오.

방으로 들어와 편지를 쓰려할 제

한 자 쓰고 눈물짓고 두 자 쓰고 한숨 쉬니

눈물이 떨어져서 글자가 수묵이 되니

언어가 도착이로구나.

편지를 써서 들고 기운 없이 일어나서 문을 열고 나서보니

　　　기러기는 간 곳 없고 창망한 구름밖에

　　　　　　별과 달만 두렷이 밝았구나.

　노래가 이어지자 사람들은 손수건으로 눈물을 닦기 시작했다. 어떤 사람은 눈물이 주르륵 흘러내리는지도 모르고 소리에 빠져 있었다. 옷고름으로 연신 눈물을 찍어내던 한 여자는 결국 작게 흐느꼈다. 돈을 벌기 위해 떠나 온 고향집과 부모님 생각에 그동안 참았던 설움이 북받친 것이다. 경복궁 마당은 어느새 조선 사람들의 울음판이 되어 버렸다.

　소리가 끝났다. 하지만 사람들은 한동안 박수 치는 것도 잊고 슬픔에 빠져 있었다. 잠시 후 우레 같은 박수 소리가 터져 나왔다.

　"와! 이화중선! 재청이요!"

"이화중선! 재청이요!"

"이화중선!"

"이화중선 님! 한 곡 더 들려주시오!"

박수도 못 받고 무대 아래로 내려갔던 이화중선은 어안이 벙벙해 다시 무대로 올라갔다. 경성 사람들이 자기 소리를 이렇게 좋아해 주다니 가슴이 벅차고 온몸에 전율이 느껴졌다. 저 많은 사람이 모두 자기의 소리를 한 곡 더 청하고 있지 않은가? 전라도에서나 알아주는 소리꾼이었는데 경성 사람들도 자기 소리에 열광하니 말이 나오지 않았다. 이화중선은 끝없이 박수를 치며 함성을 지르는 관중들에게 고개 숙여 인사만 계속했다. 사회자가 마이크를 잡았다.

"이화중선 님, 관중들이 이렇게 원하니 한 곡 더 들려주시기 바랍니다. 사람들을 이렇게나 울리셨으니 이제 좀 웃게 해 주시는 건 어떨는지요?"

사람들이 다시 천둥 같은 박수를 쳤다. 이화중선은 마음을 진정시키려는 듯 큰 숨을 내쉬고 마이크 앞에 섰다.

"부족한 소리에 이렇게 큰 박수를 보내주시니 몸 둘 바를 모르겠습니다. 이번에는 재미난 소리를 들려드리겠습니다. 〈흥보가〉 중에 '놀보 심술 타령'입니다."

이화중선은 북 앞에 앉아 있는 고수에게 눈짓을 보냈다. 고수는 동생 이화성이었다. 이화성은 북을 힘차게 때리며 추임새를 넣었다.

"어이!"

대장군방 벌목해 오귀방에 집을 짓고 삼살방으로 이사 권하고

　　불 붙는디 부채질을 그저 활활하고

　　호박에 말뚝 박고

　　길가는 과객 양반 재울 듯이 붙들었다 해 다 지면 내어 쫓고

　　은쟁반에 옥구슬 구르듯 빠르게 뿜어져 나오는 재미난 소리에 사람들은 언제 울었냐는 듯 배꼽을 잡으며 추임새를 외쳤다.

　　"얼쑤!"

　　"잘헌다!"

　　수천 명의 추임새 소리에 이화중선은 구름 위에서 소리를 하는 것 같은 착각이 들었다. 사람들은 박수를 치며 어깨춤을 췄다.

　　옹구에 짐 받쳐 놓으면 가만가만가만가만

　　가만가만히 찾어가서 작대기 걷어차기

　　똥 누는 놈 주저앉히고 봉사 눈에다 똥칠하기

　　노는 애기 집어 뜯고 우는 애기는 코 빨리기

　　"에이 나쁜 놈!"

　　"으이!"

　　놀부의 기가 막힌 심술에 사람들이 욕으로 추임새를 해댔다. 사람들은 몸을 출렁거리며 웃어댔다. 이화중선의 소리가 모두 끝나자 근

정전 지붕이 들썩거릴 정도로 박수가 터져 나왔다.

"와! 여자 명창이 났다!"

"이화중선 명창!"

사람들의 흥분이 가시지 않았다. 흥선대원군이 좋아했던 진채선 이후 여자 소리꾼 중 명창은 배설향 정도만 있었는데 완전히 새로운 목소리의 여자 명창이 나타난 것이다. 이화중선은 다른 명창들과 달랐다. 다른 소리꾼들은 높은 소리를 내기 위해서 배에다 힘을 꽉 주고 얼굴이 빨개지도록 힘껏 소리를 질러야 했는데 이화중선은 아무리 높은 소리라도 힘 하나 주지 않고 덤덤하게 뽑아냈다.

"하늘이 낸 소리꾼이구먼. 이런 소리꾼은 처음이네그려."

대회가 끝나자 사람들은 경복궁을 나가면서 이야기꽃을 피웠다.

"그러게 말일세. 추월만정 들을 때는 눈물 콧물이 줄줄 나더니 놀보 심술 타령 들을 때는 배꼽 빠지겠더라고."

"저렇게 작고 가느다란 몸에서 어떻게 저런 소리가 나오까이? 신통방통한 사람이요. 그것도 힘 하나 안들이고 목도 하나 까딱 안 허고 말이지."

"그런데 이화중선은 왜 하얀 무명 치마저고리를 입고 나왔을까? 보통 소리하는 여자들은 비단 치마저고리를 입고 나오는데 말이지."

"가난한 게지. 비단옷 사 입을 돈이 없는 게지."

"이제 팔자가 피겠구먼. 여기저기서 얼마나 불러대겠는가?"

사람들의 입에서 이화중선 이야기가 그치지 않았다. 십 년 전까지만 해도 일반 백성들은 얼씬도 못 하던 경복궁에 들어간 것도 신기한데 이렇게 훌륭한 명창의 소리까지 들었으니 정말 대단한 날이었다. 사람들은 이화중선에 관한 이야기를 나누며 커다란 일장기가 펄럭이는 광화문을 걸어 나갔다.

이화중선은 여전히 얼떨떨했다. 조선 팔도 수많은 명창이 스승으로 여기는 하늘 같은 박기홍 명창, 송만갑 명창을 한자리에서 만나니 떨려서 말이 잘 나오지 않았다. 송만갑이 입을 열었다.

"이화중선, 자네 소리는 겨울 하늘에 떠 있는 보름달 같구먼. 슬픔 속에도 힘이 있고 웃음 속에도 가슴을 팽팽하게 하는 비장감이 일어나다니. 앞으로 조선 사람들 많이 울리겠어."

"과찬이십니다. 어릴 적 선생님 소리를 듣고 소리 귀신에 씌어 여기까지 온 것입니다. 선생님을 이렇게 가까이서 뵙게 되어 너무나도 큰 영광입니다."

"그래? 나를 본 적이 있단 말이지?"

"예, 남원 권번◆에 살 때 협률사◆◆가 왔다는 소리를 듣고 수지면 홈실까지 가서 공연을 봤습니다. 그때 선생님 소리가 어찌나 좋던지 정신이 쏙 빠져 집에 어떻게 갔는지 모릅니다. 그 뒤로 남원의 여러 선생님께 배우고 산천을 찾아다니며 열심히 소리 공부를 해서 여기

◆　　일제 강점기에 기생들이 만든 조합
◆◆　관립 극장 또는 순회공연을 위해 조직된 전통 연희 단체

까지 왔으니 모두 선생님 은혜입니다."

"하하하! 내가 가르친 것도 없는데 은혜라니 민망하구나. 타고난 목청과 뜨거운 열의가 자네를 만든 것이네. 앞으로 더 열심히 하도록 하게. 자네 얘기를 들으니 남원 홈실에서 공연을 했던 기억이 떠오르는군. 박해창 어르신이 덕을 많이 베풀어 주셔서 잘 먹고 잘 지내면서 공연을 했었지. 그때 자네도 있었다니 우리 인연이 보통은 아니구먼."

"예, 선생님. 박해창 어른은 제게도 은인이십니다. 제가 그분 덕에 남원 권번에서 편히 살았습니다."

그때 수염이 허연 박기홍 명창이 이화중선을 흐뭇하게 바라보며 말했다.

"배설향이 판소리의 여왕이라면 자네 목소리는 꽃 속에서 춤추는 선녀 같구먼. 그래서 이름이 화중선花中仙인가?"

"아이고 선생님, 얼굴이 이리 못나서 이름값을 못하고 있습니다. 몸 둘 바를 모르겠습니다."

그러자 송만갑이 껄껄껄 웃으며 말했다.

"얼굴보다 목소리가 사람 마음에 오래 남는 법이다. 꽃 속의 선녀 이화중선이라! 앞으로 자주 볼 것 같구나. 하하하!"

이화중선은 송만갑 명창의 말에 가슴이 떨려 얼굴을 제대로 들기조차 힘들었다. 이화중선은 자신도 모르게 얼굴이 벌겋게 달아올라 허리를 깊이 숙여 절을 했다.

두 사람이 나가자 조선물산장려회 김경식 사무국장이 말했다.

"저도 판소리 대회를 몇 번 진행해 봤지만 이화중선 님 같은 소리는 처음 듣습니다. 하늘이 낸 소리꾼이 맞습니다. 그래서 말씀인데요, 얼마 뒤에 종로에서 물산장려회 강연회를 하려고 합니다. 그때 소리를 좀 해주실 수 있겠습니까? 이화중선 님이 오신다고 하면 아마 구름 떼같이 몰려올 것입니다."

"여부가 있겠습니까? 당연히 해야지요."

"아이고 이거 고맙습니다. 목소리만 고우신 줄 알았더니 마음 씀씀이도 비단결이십니다."

이화중선은 김경식과 헤어진 뒤 동생들과 경성 거리를 걸어 집으로 향했다. 남동생 화성은 북을 메고 여동생 중선은 가방을 들고 걸었다.

"얘들아, 저녁 먹고 들어가자."

"그럽시다. 누님이 오늘 경성 바닥에 이름을 날렸으니 거하게 먹어 봅시다."

"언니, 오랜만에 사해루 가서 중국 음식 먹어요."

"그러자. 먹고 싶은 거 다 먹어보자."

셋은 경성에서 가장 유명한 중국집인 사해루를 찾아갔다. 경성 거리는 하루가 다르게 달라져 갔다. 낮은 초가집들은 순식간에 없어지고 크고 높은 건물들이 번쩍번쩍 들어섰다. 말과 마차만 다니던 거리에는 말보다 빠른 전차와 자동차, 수많은 사람과 인력거까지 뒤섞여

정신이 없었다. 공중에는 수많은 전선이 얼기설기 엮여 있어 어수선했다.

땡! 땡! 땡! 땡!

전차가 다닐 때마다 요란하게 종을 쳤다.

"아이고머니나! 나는 저 쇠당나귀◆만 보면 가슴이 벌렁거린다니까. 어찌 저리 무거운 쇳덩이가 저렇게 빨리 달릴까이?"

이중선이 떨리는 목소리로 말했다. 정신을 바짝 차리고 다니지 않으면 전차에 치이고 자동차에 다칠 수도 있었다. 전차가 처음 생겼을 때 어린아이가 전차에 치어 죽는 일도 있었다. 전차가 생긴 지 20년이 지났지만 지방에서 올라 온 사람들에게 전차는 여전히 신기하고 겁나는 쇠당나귀였다.

일본은 조선을 식민지로 만든 다음 대규모 '박람회'라는 것을 임금님이 살던 궁궐, 바로 경복궁에 열었다. 경복궁은 이제 더 이상 임금님의 집이 아니었다. 그저 큰 전시회장이었고 공연장이었고 놀이터였다. 사람들은 처음에 경복궁을 이렇게 만든 총독부에 화를 냈지만 이제는 아주 자연스럽게 경복궁을 드나들었다.

경복궁에 살던 임금님은 창덕궁으로 쫓겨났고, 일제는 경복궁 마당에다가 총독부◆◆를 짓고 있었다. 10년에 걸쳐 지어진 총독부 건물

◆　당시 전차 또는 기차를 칭했던 말
◆◆　식민지를 다스리기 위해 설치하는 최고 행정 기관

은 이제 거의 완성되어 경복궁의 근정전을 완전히 가려버렸다. 이화중선은 총독부 건물을 쳐다보지 않고 걸었다. 경복궁 안에서 공연할 때 가까이서 공사 현장을 보고는 가슴이 턱 막혀 자기도 모르게 어금니를 꽉 물었었다. 셋은 커다란 일장기 두 개가 걸려 있는 광화문을 빠져나와 식당이 있는 골목으로 걸어갔다.

사해루 식당 안에는 사람들이 버글버글 많았다. 전국 판소리 명창 대회가 끝나고 다들 근처의 식당으로 몰렸을 테니 어디고 사람이 많은 게 당연했다. 셋은 간신히 빈자리를 찾아 앉은 뒤 음식을 시켰다.

"어, 아까 명창 대회에 나왔던 이화중선 님 아니시오?"

음식을 기다리고 있는 사이 옆에 있던 한 사람이 아는 체를 했다.

"와! 정말 이화중선 명창이시네!"

"와! 이화중선 명창이다!"

사람들이 모두 알아보고 박수를 쳤다. 이화중선은 일어서서 인사를 하지 않을 수가 없었다.

"이렇게 알아봐 주셔서 고맙습니다."

"이렇게 만난 것도 인연인데 소리 한 자락 더 뽑아주시면 안 되겠습니까?"

전라도 사투리를 쓰는 사내가 걸걸한 목소리로 부탁했다. 그러자 박수가 터져 나왔다.

"저도 밥을 먹으러 왔는데 이렇게 또 노래를 시키시네요. 그럼 짧은 소리 한 대목만 허겠습니다."

누나가 소리를 하겠다고 하자 이화성이 잽싸게 북을 꺼내 잡았다. 이화중선은 〈춘향가〉 중에서 이몽룡이 춘향이에게 하는 '자진사랑가' 한 대목을 뽑았다.

사랑 사랑 사랑 내 사랑이야.

사랑이로구나 내 사랑이야.

으흐 흐흐흐 내 사랑이로다.

섬마 둥둥둥 내 사랑이야.

네가 금이냐 네가 금이냐? ◆

이화중선이 눈짓을 하자 이중선이 일어서서 다음 대목을 이어받았다.

금이란 말이 당치 않소.

옛날 초한 적 진평이가

범아부를 잡으랴고

황금 사만을 흩었시니

무슨 금이 되오리까?

 〈춘향가〉 중 '자진사랑가', 이화중선

사람들은 이중선이 이어서 부르자 더욱 좋아하며 어깨춤을 덩실덩실 추었다. 노래가 끝나자 식당 안은 함성과 손뼉 소리로 떠나갈 듯했다.

　"와! 자매 명창인가 보오. 정말 대단한 소리요!"

　"세상에 어찌 그리 소리를 곱게 잘하시오!"

　두 사람은 깊이 고개 숙여 인사를 했다.

　"네, 여기 두 사람은 제 동생 이중선, 이화성이고요. 부족한 소리인데 이렇게 열광해 주셔서 고맙습니다. 앞으로 종종 뵙겠습니다."

　"삼 남매군요. 대단합니다."

　사람들의 찬사가 끊이질 않았다.

　"아따, 그만들 하시쇼. 맘 편히 밥도 못 먹겠소이."

　이화성이 일어나 사람들에게 웃으며 말했다. 그제야 사람들은 조용해졌고 곧 음식이 나왔다. 세 사람은 왕만두부터 맛있게 먹으며 웃었다.

　전국 판소리 명창 대회가 끝난 지 며칠이 지났다. 이화중선의 집에 조선물산장려회 사무국장 김경식이 찾아왔다. 조선물산장려회 행사에 이화중선이 출연해 줄 것을 정식으로 부탁하고 내용을 상의하러 온 것이다.

　"명창님, 이번 행사에 나와 주시는 거죠?"

　"제가 약속한 것은 꼭 지킵니다. 걱정 마십시오."

　"한 가지 부탁이 있습니다. 우리 물산장려회에서 하는 운동이 조선 사람이 만든 물건을 조선 사람이 쓰자는 것 아닙니까? 그중에 우리 광목으로 만든 옷을 입자는 내용이 있습니다."

"그렇지요. 우리 광목으로 만든 옷을 입어야지요. 저는 늘 우리 광목으로 만든 옷을 입습니다."

"지난번 명창 대회에도 비단옷이 아니라 광목옷을 입고 나오셔서 짐작은 했습니다만, 역시 늘 실천하고 계시군요."

"네, 저는 비단옷보다 광목옷이 좋습니다."

"이번에도 광목옷을 입고 나오시라고 부탁드리려 했습니다. 요즘 물산장려운동이 잘 진행되지 않아서 이화중선 님 같은 인기인께서 모범을 보여주시고 한 말씀 해 주시면 좋을 것 같습니다."

"걱정 마십시오. 광목 치마저고리 잘 빼입고 가겠습니다."

이화중선이 웃으며 말했다.

조선물산장려회 행사 날이 밝았다. 이제 완연한 봄이라 청계천의 늘어진 능수버들에도 연둣빛 새순들이 앞다투어 삐져나왔고 종달새들도 바삐 날아다녔다. 물이 그리 깨끗하지 않았지만 여인들은 치마를 걷어 올리고 청계천 따라 줄지어 앉아 빨래를 했다.

조선물산장려회 홍보 포스터가 상가 유리창이며 나무, 전봇대에도 여기저기에 붙어 있었다. 하지만 시간이 다 되어도 행사장에는 사람들이 그렇게 많이 모이지 않았다. 악사들이 북을 치고 나팔을 불며 행사장 분위기를 띄우고 난 뒤 검은 두루마기를 입은 조만식 선생이 무대 위에 올랐다.

"조선 동포 여러분, 지금 조선 땅은 일본에서 만들어 들여온 상품으로 가득 차 있습니다. 일본 상품만 쓰다 보면 우리 민족의 회사가 어떻게 되겠습니까? 우리들의 돈이 다 어디로 가겠습니까? 우리 민족의 회사를 지켜야 우리나라가 다시 살아납니다. 우리가 1년에 소비하는 술값이 십억 팔천만 냥, 담배 값이 육억 만 냥이올시다. 이 돈이 다 일본으로 넘어가고 있습니다. 우리 민족 자본이 모두 일본으로 다 넘어가고 있습니다. 이래서는 우리의 미래가 없습니다."

조만식 선생이 연설을 마무리하면서 큰 소리로 외쳤다.

"우리 살림 우리 것으로!"

그러자 길가에 모여 서 있던 사람들이 따라서 외쳤다.

"우리 살림 우리 것으로!"

다시 조만식 선생이 외쳤다.

"우리가 만든 것, 우리가 쓰자!"

사람들이 오른손을 불끈 쥐며 따라 외쳤다.

"우리가 만든 것, 우리가 쓰자!"

조만식 선생이 내려가고 다음은 이화중선 차례였다. 이화중선은 흥보가 중에 제비가 박씨를 물고 흥보 집까지 날아가는 대목인 '제비 노정기'를 노래했다. 제비가 춤을 추며 이리저리 날아다니는 모습을 중중모리장단에 얹어 뽑아내자 사람들은 흥겨워 박수를 쳐댔다. 사람들은 제비가 흥보 집에 복을 물어다 준 것처럼 자기들 집에도 복을 물어다 주길 바라며 "얼씨구!" "잘 헌다!" 하며 추임새를 넣었다. 행사장에는 어느새 천 명이 넘는 사람이 몰려들었다.

저 제비 거동을 보소
보은표 박씨를
흥보 부부 앉은 앞에
떼그르르르 떨쳐 놓고
들어갔다 나갔다 나갔다 들어갔다
이리저리 노닌다.

춤을 추듯이 발림◆을 하며 소리하는 이화중선을 보고 사람들도 어깨춤을 함께 추었다. 집회장은 갑자기 공연장처럼 분위기가 바뀌었다. 노래가 끝나자 박수가 터져 나왔다. 박수 소리가 잠잠해지자 이화중선이 마이크 앞에 단정히 섰다.

"안녕하세요? 이화중선입니다. 이렇게 제 소리를 좋아해 주셔서 고맙습니다. 제가 한 말씀만 드리고자 합니다. 저는 늘 조선 광목으로 옷을 해 입습니다. 비단옷을 입고 공연을 할 수도 있지만 저는 광목옷이 편하고 좋아 늘 광목옷을 입습니다. 조선 광목은 일본 광목에 뒤지지 않습니다. 우리 모두 조선 광목을 물들여 입읍시다."

◆　판소리에서 극을 맛깔나게 살리기 위한 몸짓이나 손짓

이화중선이 말을 마치자 사회자 김경식이 큰 소리로 외쳤다.

"조선 사람, 조선 광목!"

그러자 사람들이 똑같이 따라 했다.

"조선 사람, 조선 광목!"

뜨겁게 달아오른 분위기는 거리 행진으로 이어졌다. '우리가 만든 것 우리가 쓰자'라고 쓴 현수막을 두 사람이 들고 맨 앞에서 걸었다. 그 뒤로 북을 치고 나팔을 부는 악대가 걸어가고 그 뒤를 사람들이 따라가며 외쳤다.

"우리 살림, 우리 손으로!"

"우리가 만든 것, 우리가 쓰자!"

"조선 사람, 조선 광목!"

"조선 사람 돈은 조선에, 일본 사람 돈은 일본에!"

종로 거리를 걸으며 구호를 외치니 사람들이 점점 더 많이 불어났다. 그렇지 않아도 일본에 쌓인 감정들이 많았던 터라 길 가던 사람들이 너도나도 합류해 구호를 외쳤다. 일본 경찰은 옆에서 지켜보기만 할 뿐 막지는 않았다. 만세운동 이후 조선 사람들의 행사를 대놓고 억압하지 못했기 때문이다. 사람들의 행렬이 탑골공원 앞을 지날 때였다. 시위대 속에서 한 사람이 외쳤다.

"조선 사람 조선 땅에, 일본 사람 일본 땅으로!"

그러자 사람들이 어느 때보다 목청을 높여 외쳤다.

"조선 사람 조선 땅에, 일본 사람 일본 땅으로!"

일본 경찰들이 눈을 번쩍 뜨면서 긴장하기 시작했다.

"조선 사람 조선 땅에, 일본 사람 일본 땅으로!"

"조선 사람 조선 땅에, 일본 사람 일본 땅으로!"

사람들은 어느새 수천 명으로 불어나 몇 명인지 헤아리기 힘들었다. 우렁찬 구호 소리에 전차 소리가 묻혔고 일본 경찰들은 부산하게 움직였다.

"빌어먹을 조센징들!"

말을 타고 나타난 일본 경찰이 호루라기를 불었다.

"당장 그만두지 못할까!"

경찰들의 호루라기 소리가 시끄럽게 울려댔다. 하지만 시위대의 북소리와 나팔 소리는 멈추지 않았고 사람들의 행진도 멈추지 않았다. 결국 경찰들이 시위대의 맨 앞을 가로막고 하늘을 향해 총을 쏘고 나서야 시위대는 해산했다. 조만식 선생과 김경식 사무국장은 일본 경찰에 잡히고 말았다. 시위대가 흩어지고 관계자들이 잡혀가자 이화중선도 발걸음을 돌렸다.

조만식 선생과 김경식 사무국장이 걱정되었지만 이화중선이 할 수 있는 일은 아무것도 없었다. 이화중선의 발걸음은 마음만큼 무거웠다. 천천히 걷다 보니 어느새 탑골공원 앞이었다. 이화중선은 다리가 아파 공원으로 들어가 팔각정 계단 한쪽에 앉았다.

이곳에서 만세운동이 일어났던 게 벌써 5년 전이다. 그때 이화중선은 전라도 순창에서 살고 있었기 때문에 종로의 만세운동에 함께 하지는 못했지만 전국에 번졌던 만세운동을 모르지 않았다. 전라도에서도 곳곳에서 끊임없이 만세운동이 일어났었다. 사람들의 가슴 속에 '대한 독립'이라는 꿈이 봄날 들판의 쑥처럼 수북수북 자랐었다. 하지만 지금은 감옥 안에 갇힌 춘향이처럼 꿈은 시들었다.

이화중선은 아픈 허리를 펴며 머리를 뒤로 젖혔다. 탁한 하늘을 바라보던 이화중선의 눈에 원각사지 10층 석탑의 꼭대기가 들어왔다. 언제 떨어졌는지 맨 위 3개 층이 떨어져 바닥에 널려있었다. 저걸 언제 다시 올려놓을 수 있을지 한숨이 나왔다. 이화중선의 마음은 어두워지기만 했다.

'내가 조선을 위해 할 수 있는 일이 무엇이란 말인가? 내 소리가 조선 사람들을 울리고 웃기기는 하지만 진정으로 조선의 마음을 어루만지고 있는가? 조선은 이대로 영영 사라지는 것인가?'

이런저런 생각을 하다가 종로 거리 쪽을 바라보니 인력거를 끌고 땀나게 달리고 있는 인력거꾼이 눈에 들어왔다. 인력거에는 화려한 꽃무늬 기모노를 입은 일본 여자가 고고하게 앉아 있었다. 이화중선은 인력거에 탄 여자가 일본이고 인력거꾼이 조선처럼 느껴졌다. 한숨이 절로 나왔다.

목소리는 유성기를 타고

　종로 탑골공원 건너 축음기 상회 앞에서는 바삐 걸어가던 사람들도 늘 발걸음을 멈췄다. 가볍고 발랄한 노랫소리가 울려 퍼졌기 때문이다. 유성기◆라고도 하는 축음기 나발통◆◆에서 퍼져 나오는 노랫소리는 판소리가 아닌 신민요와 유행가였다. 라디오와 유성기가 발명되면서 일본에서 유행하는 가요와 신민요가 널리 퍼지고 있었던 것이다.

　"저 안에 꼬맹이가 들어가서 노래를 한다며? 저렇게 작은 상자에 어떻게 사람이 들어가서 노래를 할까?"

◆　레코드에 녹음한 소리를 재생하는 장치
◆◆　나발의 몸통

"사람이 어떻게 저기를 들어가나? 노래 귀신이 들어가 있다고 하더구먼."

사람들은 유성기에서 어떻게 노래가 나오는지 몹시 궁금해했다. 더군다나 평생 듣던 조선의 가락이 아닌 달콤한 눈깔사탕 같은 유행가여서 더 신비로웠다.

그러던 어느 날, 이중선이 호들갑을 떨며 대문에 들어섰다.

"언니, 드디어 언니 소리판◆이 나왔다면서요?"

"그래, 신기하구나. 내 목소리가 이 동그란 판에 들어가 있다니 믿어지지가 않는다. 화성이도 와 있으니 같이 들어 보자."

세 남매는 소리판을 들고 유성기 앞으로 모였다. 이화중선이 조심스럽게 소리판의 포장지를 벗겼다. 표지에는 이화중선의 얼굴 사진이 크게 인쇄되어 있었다.

"언니 사진도 있네. 아이고야, 실물보다 잘 나왔네."

이중선이 호들갑을 떨며 소리판의 사진을 쓰다듬었다.

"누이, 어서 여기에 소리판을 올려놓으시우. 내가 태엽을 감을 테니."

이화중선이 유성기의 동그란 곳에 소리판을 살그머니 올려놓았다. 그러자 이화성이 상자 옆에 달린 손잡이를 잡고 삥삥삥삥 돌렸다.

◆　음반을 뜻하는 말

추월은 만정허여 산호 주렴에 비치어 들 제
청천으 외기러기난 월하으 높이 떠서
뚜루루루루루루 낄룩 울음을 울고 가니
심황후 기가 막혀 기러기 불러 말을 헌다.

유성기에서 이화중선의 낭랑한 목소리가 생생하게 들렸다. 잡음이 살짝 들리긴 했지만 그래도 신기한 노릇이었다.

"와! 진짜 언니 목소리하고 똑같네! 똑같아!"

"누이, 정말 신기하오. 누이가 일본에 가서 녹음한 소리를 이렇게 조선 땅 우리 집 안방에서 듣다니. 천지가 개벽하는 세상이라더니 진짜 그렇소."

"그렇구나. 나도 신기하기만 하다. 그나저나 내가 듣기에는 목소리가 영 이상하구나. 내 목소리가 정녕 이렇더냐?"

"이상하기는 똑같구면. 은쟁반에 옥구슬 구르는 소리 똑같소."

이중선은 언니 목소리가 유성기에서 흘러나오는 게 신기하고 놀라워서 어쩔 줄 몰라 소란을 떨었다.

"그래도 나는 맘에 안 드는구나. 목소리도 목소리지만 처음 시작할 때는 태엽이 빨리 풀려서 소리가 빠르고 나중에는 태엽이 천천히 풀려서 소리가 느려지니 이건 진짜 노래라고 할 수도 없구나."

"하기야, 내가 듣기에도 누이 목소리를 눈앞에서 진짜로 듣는 것만은 훨씬 못하오. 그래도 누이를 직접 못 만나는 사람들은 이것만으로

도 얼마나 좋겠소. 아마 불티나게 팔릴게요."

"조금 빠르고 조금 느려도 추월만정 소리가 똑바로 들리니 나는 좋기만 하우. 또 들어봅시다. 이번엔 내가 태엽을 감을 테요. 나는 언제 이런 소리판 내 보나?"

이중선이 손잡이를 뱅글뱅글 돌렸다. 그러자 다시 추월만정이 나왔다. 그러기를 다섯 번이나 하고 이중선은 밖으로 나갔다. 자랑할 데가 한두 곳이 아니었다.

조선축음기상회 이기세 사장이 이화중선을 찾아온 것은 몇 달 전이었다. 이기세 사장은 조선예술협회를 만들고 신극단을 조직해 물밀듯 쏟아지는 일본 예술에 맞서고 있는 사람이었다.

"화중선 님 목소리는 고요하고 슬프면서도 마음에 뭔가가 많이 남습니다. 악을 쓰지 않으니 들을 때 부담이 없이 유성기로 감상하기에도 아주 좋을 겁니다. 음반이 나오면 이화중선 이름이 조선 팔도에 널리 퍼질 테니 함께 합시다."

"음반을 내려면 일본까지 가야 하지 않습니까? 그 멀리까지 갈 엄두가 나지 않습니다."

"일본에 가는 것은 걱정하지 마십시오. 저희가 다 알아서 잘 모시겠습니다. 명창님이 허락하시면 모든 준비를 완벽하게 해서 최고의 음반을 만들어 드리겠습니다. 명창님 소리판은 그동안 나온 그 어떤 판보다도 반응이 뜨거울 겁니다. 제 말을 믿어 보세요."

"농담이 지나치십니다. 목소리를 담아보지도 않고 어떻게 그리 장

담하십니까?"

"농담 아닙니다. 믿고 한번 해 보시지요."

이렇게 해서 이화중선은 이동백, 김창룡, 정정렬, 송만갑 명창들과 함께 일본 도쿄에 있는 빅터 레코드 본사 녹음실까지 가서 녹음을 했던 것이다.

소리판은 날개 돋친 듯이 팔렸다. 유행가가 아닌 판소리 소리판을 사람들이 좋아할지 걱정했던 소리꾼들도 모두 놀랐다. 유성기 한 대에 쌀 몇 가마니 값이었지만 권번의 기생들이나 판소리를 좋아하는 부자들이 너도나도 유성기를 사고 소리판을 샀다.

경성뿐만 아니라 전국에서 축음기와 음반이 불티나게 팔렸다. 이화중선이 공연하는 지역까지 가지 않아도 추월만정을 들을 수 있게 된 것이다. 음반이 많이 팔리는 것을 보고 여러 레코드 사가 이화중선의 소리판을 만들고자 했다. 이중선이나 김초향 같은 다른 여자 명창들의 소리판도 연달아 나왔다. 그래도 이화중선의 음반이 가장 많이 팔렸다.

그런데 유성기판 한 장에는 3분짜리 짧은 소리 두 개밖에 들어가지 못했다. 심청가 한바탕을 다 하려면 5시간이 걸리고 흥보가는 3시간, 춘향가는 6시간이나 걸리는데 겨우 3분짜리 두 곡밖에 못 넣으니 사람들은 더 애가 타기도 했다.

유성기에서 나오는 소리를 듣고 나면 '이화중선이 부르는 심청가를 처음부터 끝까지 다 들을 수만 있다면!' 하는 한탄이 절로 나왔다.

그래서 이화중선은 더 바빠질 수밖에 없었다. 이화중선의 인기는 하늘을 찔렀고, 전국에서 쉴틈없이 공연 요청이 이어졌다. 이화중선은 한반도 곳곳을 누비며 소리를 했고, 공연 때마다 돈을 가마니로 쓸어 담았다.

기차 창밖으로 보이는 전라도 들판은 끝이 없었다. 판소리 애호가 이영민 선생의 초대로 이화중선은 동생들과 함께 전라도 끄트머리에 있는 순천까지 가는 중이었다.

이영민 선생은 순천에서 유명한 독립운동가이며 농민운동가였는데 판소리를 비롯해 우리 전통 음악을 아주 좋아한다고 했다. 그런 분이 부르시니 천 리 길도 마다할 수 없어 나선 길이었다.

끝도 없는 들판은 모두 논이었다. 이 넓은 논에서 엄청나게 많은 쌀이 나올 텐데 조선 사람들은 여전히 굶주렸다. 아니, 전보다 더 굶주렸다. 이화중선은 흔들리는 기차 안에서 근심스러운 눈빛으로 누렇게 익어가는 들판을 바라보았다.

이화중선은 이영민 선생이 쓴 '소작루'라는 시가 생각나 가방에서 책을 꺼내 펼쳐 읽었다. 몇 년 전에 나온 잡지 〈개벽〉 4월호였다. 어느 봄날, 이화중선은 정기구독하고 있던 〈개벽〉을 한 장 한 장 넘기며 읽다가 이 시에서 오래오래 멈춰 있었다. 가슴에 돌덩이가 앉는 느낌이었다.

경작한 것 가뭄이 들어 완전히 여물지 않았고
가을밭엔 푸른 풀만 많다네.
지주는 사납기가 맹수와 같고
마름은 독하기가 뱀과 같다네.
일 년 내내 몸을 부려 얻은 수확물은
모두 부잣집 곳간으로 들어갔다네.
새벽부터 서리 속의 땔감을 해오고
밤에는 달빛에 짚신을 짰다네.
어머니 병환에 약값조차 없으니
한 달 동안 찬 침상에 누워계셨다네.
자녀들은 모두 배울 때를 놓쳐서
때때로 닭이나 송아지를 쫓아다닌다네.
온 집안에 한 말 곡식도 없으니
채소죽으로는 배를 채우기도 어렵다네.
여우 같은 이웃이 또 소작지마저 빼앗아 가니
문에 들어서자 처자식이 통곡하네.
언제나 좋은 봄날을 만나
두루 천하의 나무에 꽃을 피울 수 있을까.◆

◆   이영민 작·김용찬 역, '소작인의 눈물',《벽소시고》.

47

시를 읽은 이화중선은 '우리 백성들은 이렇게 고통스럽게 살고 있는데 나는 편안하게 노래하면서 돈을 쓸어 담고 있으니 이래도 되나' 하는 생각에 마음이 몹시 무거웠다. 한데 바로 이 시를 쓰신 분이 이화중선을 초대한 것이다.

나직이 시를 다시 읽으며 들판을 바라보니 들판에서 땀 흘려 일하는 사람들, 배고파 죽어 가는 사람들, 우리 쌀을 다 빼앗아 가는 일본 사람들이 떠올라 자기도 모르게 한숨이 나왔다. 기차는 굉음을 내며 황금 들판을 가로질러 달렸다. 저 멀리 지평선으로 해가 지고 있었다. 잘 익은 홍시같이 투명한 주황빛 햇살이 들녘에 뿌려지자 들판이 점점 붉게 물들어 갔다.

어느새 기차는 남원에 다다랐다. 어머니가 일찍 돌아가시고 여기저기 떠돌며 밥벌이하셨던 아버지 따라 한곳에 발붙여 살 수 없던 어린 시절이었다. 그러다 열세 살 때 아버지는 이화중선을 남원 권번에 맡겼다. 이화중선은 거기서 허드렛일하며 귀동냥으로 소리를 배웠다. 어릴 적 벌교 바닷가에 몇 년 살 때도 동네 무대에 잠깐씩 올라가 소리를 하면 사람들이 '소리 신동'이라고 할 정도로 타고났던 이화중선은 소리를 쉽게 흉내 낼 수 있었다.

그러던 어느 날 남원 수지면 홈실에 송만갑 명창이 이끄는 협률사 공연단이 왔다는 소식을 들은 이화중선은 공연을 보러 산골 마을까지 갔다. 이화중선은 그곳에서 송만갑 선생의 소리를 듣고 소리 귀신에 씌어 버렸다. 잠을 자도, 밥을 먹어도, 뒷간에 앉아 있어도 그놈의 소리가 떠나지를 않았다. 그래서 할 수 없이 밤낮으로 소리 공부하러 산으로, 요천강으로 드나들었다.

처음에는 읍내에서 가까운 금암봉, 덕음봉에 올라가 소리를 했다. 덕음봉 산꼭대기에서 보면 남원을 둥그렇게 둘러싸고 있는 산들이 너울너울 발림을 하는 것 같았다. 이화중선은 노고단, 만복대, 바래봉으로 이어지는 지리산 능선을 향해 소리를 지르다가, 뒤돌아서서 눈앞에 우뚝 선 교룡산을 보고 소리를 지르다가, 다시 방향을 틀어 멀리 서쪽에 펼쳐져 있는 고리봉 능선을 향해 소리를 질렀다. 그렇게 하루 종일 연습을 하다 보면 배는 등가죽에 붙고 쨍쨍하던 해는 어느새 고리봉 능선으로 떨어졌다. 해가 산 너머로 꼴깍 넘어가면 끝없이 펼쳐진 서쪽 능선이 점점 주황빛으로 물들어 갔다.

잘 익은 홍시 같은 노을빛을 보면 아버지랑 길을 가다가 따 먹던 홍시 생각이 났다. 끼니를 제대로 못 챙겨 먹던 시절, 높은 감나무에 달린 홍시를 보면 아버지는 어떻게 해서든 따서 딸에게 먹였다. 그때 먹은 홍시는 세상 어떤 것보다도 달고 맛났다.

이화중선은 어딘가에서 떠돌고 있을 아버지가 그리워 아버지를 조용히 불러보았다. 눈물이 핑그르르 돌았다. 눈물을 닦고 하늘을 보니 파란 하늘에 별 두 개가 반짝 돋아나 있었다. 두 별은 이화중선 부녀처럼 멀찍이 떨어져 빛났다.

옛날 생각을 하다 보니 기차는 벌써 남원역을 지나 어둠이 내리는 섬진강을 따라 구례를 지나고 드디어 순천에 이르렀다.

"이화중선 명창님 맞으시지요?"

순천역에 내리니 인력거꾼들이 세 사람을 기다리고 있었다. 이영민 선생이 보낸 것이었다. 인력거는 순천 시내를 가로질러 커다란 기와집 대문 앞에 다다라 멈췄다. 순천 권번이었다.

"아이고, 어서들 오시지요. 먼 길 오느라 고생하셨습니다."

하얀 두루마기를 입은 이영민 선생이 삼 남매를 반갑게 맞이했다. 감옥에 갇혀 고생하다 나온 지도 여러 달 지났지만 이영민은 여전히 많이 말라 있었다.

"초대해 주셔서 고맙습니다. 평소에 존경하던 선생님께서 불러 주시니 한달음에 달려왔습니다."

"존경이라니요, 당치 않습니다. 이화중선 님이야말로 제가 존경하는 명창이십니다. 아, 이쪽은 제가 가장 존경하고 의지하는 김종익 선생님이십니다. 명창님들을 모시는 경비는 모두 이 분이 내시는 겁니다."

"아, 네. 김종익 선생님 존함은 익히 들어 알고 있습니다. 저희 소리꾼들 사이에서는 은인으로 통합니다. 늘 베풀어 주신 은혜 잊지 않고 있습니다."

김종익이 두 손을 흔들면서 호탕하게 웃으며 말했다.

"은혜라니요, 당치 않습니다. 우리 민족의 소리를 어렵게 이어가시는 명창님들이야말로 우리 민족의 은인이시지요. 저는 명창님들의 활동을 조금 지원해 드리는 것뿐입니다."

이화중선 삼 남매와 이영민, 김종익은 서로 즐겁게 대화를 나누며 저녁 식사를 했다. 순천의 명물인 꼬막무침과 갓김치, 여러 생선 요리와 뚝배기에 시래기가 듬뿍 들어간 탕까지 맛있는 음식들이 한 상 가득했다.

그런데 밥상 한쪽에 아주 볼품없는 생선구이가 큰 접시에 가득 담겨 있었다. 마치 석탄가루를 묻혀 구운 것처럼 새까맣고 길쭉했다. 이화성이 조심스럽게 이영민에게 물었다.

"선생님, 이 시커먼 생선은 무엇입니까?"

"다른 지역에서는 구경도 못 하는 귀한 생선이올시다. 짱뚱어라고 하는 순천만 갯벌을 천방지축 펄떡펄떡 뛰어다니는 물고기지요. 귀한 손님이 오셨기에 특별히 준비했습니다. 맛을 보시지요."

이화성은 평생 처음 보는 새까만 생선구이를 굳이 먹고 싶지 않았지만 특별히 준비했다는 말에 짱뚱어 한 마리를 앞 접시에 갖다 놓고 젓가락으로 조심스럽게 발랐다. 그리고는 누이들 밥그릇에 한 점씩 올려주고 자기 입에도 넣었으나 맛있다는 소리가 안 나왔다.

"맛이 어떻습니까?"

"으음, 맛이 좀…. 그래도 먹을 만은 합니다. 살이 촉촉하고 꼬리 쪽은 꽤 고소하기도 하고요."

"짱뚱어는 뼈째 씹어 먹어야 제맛입니다. 저를 보세요."

김종익이 짱뚱어 한 마리를 입에 넣고 통째로 씹어 먹었다. 이화중선과 이중선이 그 모습을 보고 살짝 웃었다. 김종익의 입 주위가 시

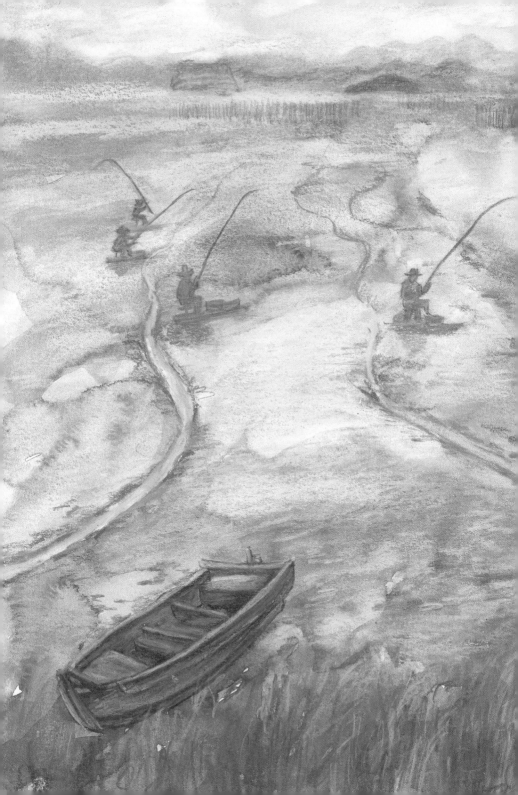

커메졌다.

"사실 짱뚱어는 참 맛이 없는 물고기입니다. 예전에는 갯벌에 짱뚱어가 지천이었지만 순천 사람들이 쳐다보지도 않았습니다. 한데 지금은 짱뚱어마저 없어서 못 먹을 지경입니다. 쌀을 하도 많이 수탈당하니 굶어 죽을 판이라 맛이고 뭐고 따질 겨를이 없으니까요."

"말씀을 듣고 보니 열 배는 더 맛있어집니다. 귀하게 잘 먹겠습니다."

"그래도 여러분은 짱뚱어 맛이 가장 좋을 때 오셨습니다. 요즘 같은 가을이 짱뚱어에 살이 많이 오르고 기름도 많이 생겨 맛도 좋고 몸에도 좋을 때랍니다. 남원에서는 미꾸라지로 끓인 추어탕을 먹지요? 여기서는 짱뚱어로 끓인 짱뚱어탕을 많이 먹습니다. 짱뚱어탕이랑 구이도 같이 드시면 6시간짜리 춘향가 한바탕을 다 불러도 지치지 않을 겁니다."

"그래요? 알겠습니다. 그럼 많이 먹겠습니다."

이영민의 말에 이화중선과 이중선은 웃으며 짱뚱어를 뼈째 씹어 먹고 탕도 후룩후룩 맛있게 먹었다.

이른 아침부터 순천 권번에 소리청◆이 차려졌다. 대청마루에 화문석◆◆이 깔리고 병풍이 쳐지고 개다리소반에 찻주전자와 잔이 놓이

◆   판소리를 공연하는 장소를 일컫는 말

고 한쪽에 소리북과 방석이 놓였다. 이영민과 김종익 그리고 권번 기생들이 대청마루와 방에 가득 들어앉았다. 이화중선이 하얀 광목 치마저고리를 입고 한 손에 부채를 들고 천천히 화문석 가운데에 섰다. 그리고 이중선이 북 앞에 놓인 방석에 앉았다. 사람들이 박수를 쳤다. 아니리◆◆◆가 시작되었다.

> 송나라 원풍 말년에 황주 도화동에 봉사 한 사람이 사는데
> 성은 심이요, 이름은 학규라.

　심청가였다. 사람들은 허리를 꼿꼿이 세우고 귀를 쫑긋하고 눈을 반짝이며 이화중선의 목소리에 집중했다. 유성기로 듣던 음성보다 훨씬 맑고 고왔다. 시간이 지날수록 사람들이 더 많이 모여들었다. 권번 마당에는 어느새 자리를 펴고 앉은 사람으로 꽉 차고 담장 너머로 고개를 내밀고 보는 사람들도 늘어갔다. 한 시간, 두 시간, 세 시간이 흘렀으나 자리를 뜨는 사람이 없었다. 어느덧 이야기는 흐르고 흘러 심청이가 제물로 바쳐질 바다, 인당수에 다가가는 대목에 이르렀다. 북장단이 갑자기 엇모리장단으로 바뀌며 긴장감이 감돌았다.

◆◆　꽃문양을 수놓아 만든 돗자리
◆◆◆　판소리 창 중간에 이야기하듯 이어가는 사설

한 곳에 당도허니 이는 곧 인당수라

어룡이 싸우는 듯 벼락이 내리는 듯

대양 바다 한가운데 바람 불고

물결이 출렁출렁하며 거칠어지는 바다의 모습과 허둥대는 뱃사람들의 모습이 엇모리장단에 실린 이화중선의 목소리로 흥미진진하게 펼쳐졌다. 그러다 갑자기 장단이 자진모리장단으로 바뀌었다. 이화중선의 소리도 장단을 따라 빠르게 흘러갔다. 심청이가 물에 빠질 시간이 된 것이다.

북을 두리둥 두리둥 둥 둥 둥 두리둥 둥 둥 둥 둥

그것일랑은 염려 말고 어서 급히 물에 들라!

뱃사공이 물에 빠지라고 소리치자 장단은 가장 빠른 휘모리장단으로 바뀌었다. 이화중선도 가장 빠르고 높은 소리를 뽑아댔다. 높고 빠르게 소리를 뽑아내는 대목이지만 이화중선의 얼굴은 힘겨워하는 내색이 전혀 없었다. 다른 소리꾼들은 이런 대목을 할 때 온몸에서 소리를 쥐어 짜내야 하기 때문에 몸을 흔들고 구부리고 얼굴이 빨개지는데 이화중선은 목 하나 까닥하지 않고 소리를 좔좔 뽑아댔다.

심청이 거둥 봐라 샛별 같은 눈을 감고

이리 비틀 저리 비틀 정신없이 나가더니

치맛자락을 무릅쓰고 뱃전으로

우루루루루루

만경창파 갈매기 격으로 떴다 물에 풍!

"아!"

사람들이 탄성을 질렀다. 다 아는 얘기지만 이화중선의 소리로 들으니 심청이가 눈앞에서 바다에 빠지는 듯 가슴이 쿵 내려앉았다.

다시 소리는 진양조장단에 맞춰 몹시 느려졌다. 이영민과 김종익은 눈을 감았다. 이영민의 가슴은 조였다 풀렸다 존득거리는 것이 형용하여 말할 수가 없었다. 그동안 여러 소리꾼의 심청가를 들었지만 오늘 같은 소리는 처음이었다.

소리를 시작한 지 벌써 4시간이 흘렀다. 드디어 '추월만정'이 시작되었다. 바다에 빠져 죽었다 살아나 왕비가 된 뒤에도 아버지를 못 잊고 그리워하는 대목, 유성기로 날마다 듣던 바로 그 대목이다. "추월은 만정허여" 하며 구슬픈 소리가 시작되자 이영민의 눈에 눈물이 맺히며 탄식 같은 추임새가 흘러나왔다.

그렇게 5시간이 다 돼서야 심청가는 끝이 났고 이화중선은 부채를 접고 허리를 깊이 숙여 인사를 했다. 권번 안팎에서 박수 소리가 터져 나왔다. 마루에 있는 사람들, 방에 있는 사람들, 마당에 있는 사람들 모두 함성을 질러가며 박수를 쳤다.

"역시 이화중선일세. 역시!"

김종익이 먼저 입을 열었다.

"그러게 말입니다. 은쟁반이 아니라 금쟁반에 옥구슬이 구르는 소리입니다. 가을 하늘에 가득 찼던 달빛이 이 뜰 안에 쏟아지는 것 같습니다."

이영민이 말을 마친 뒤 미리 준비한 화선지를 펼치고 붓을 잡았다. 이영민은 10년 전부터 명창들을 한 명씩 초대해 소리를 듣고 그 감상을 한시로 적어 족자로 만들어 주고 있었다. 그 첫 번째가 송만갑이었고 오늘은 이화중선이었다. 이영민은 자세를 바로잡고 붓에 먹물을 듬뿍 묻힌 뒤 붓끝을 똑바로 세워 화선지에 강물이 흐르듯 거침없이 한시를 써 내려가기 시작했다.

金盤滴滴萬珠鳴
顆顆春風秋月生
唱到沈淸將沒處
山龍叫絶水神驚

금쟁반에 뚝뚝 떨어진 수많은 구슬 울리는 듯하고
알알이 봄바람과 가을 달이 만들어진다네.
창이 심청이 강물에 뛰어들려는 대목에 이르면
산의 용이 절규하다 숨이 끊어지고 물의 신이 놀란다네.◆

"자 이제 사진관으로 갑시다. 사진을 찍어드리겠습니다."

이영민이 이화중선을 사진관으로 데리고 가려고 하자 동생 이중선이 나섰다.

"언니, 기념사진도 광목 치마저고리 입고 찍을 거유? 그럼 사진이 안 이쁘게 나오니 비단옷으로 갈아입고 가요."

"조선 사람은 조선 광목옷을 입어야지. 이쁜 게 뭐가 중요하다고 그러느냐."

"그치만 모처럼 찍는 사진인데, 여기 기생들 옷 중에 맞는 걸로 갈아입고 가요."

동생의 성화에 이화중선은 할 수 없이 비단옷으로 갈아입고 이영민을 따라 근처에 있는 사진관으로 갔다. 이미 여러 명창의 사진을 찍어 본 비나스 사진관 사진사는 이영민이 시를 쓴 족자 옆에 선 이화중선의 자세를 잡아 주었다.

"명창님, 요즘 여자 가수들은 이렇게 손을 마주 잡고 서서 찍습니

◆　이영민 작 · 김용찬 역, '근대국악계인물', 《벽소시고》

59

다. 이렇게 한번 해 보시지요."

사진사가 요청한 대로 이화중선은 두 손을 자기 허리춤에서 마주 잡고 족자 옆에 섰다.

"자 찍습니다. 눈 감지 마세요. 하나 둘 셋!"

펑!

을축년 대홍수

며칠 동안 장맛비가 내렸다. 계속 내리는 장맛비에 사람들이 혀를 차기 시작했다.

"웬 비가 그치지도 않고 온담?"

그러던 어느 날, 아침부터 가는 빗줄기가 바람에 날리기 시작하더니 저녁이 되자 사나운 바람과 함께 굵은 비가 사정없이 쏟아졌다. 이화중선은 조선 권번에서 소리를 하고 집에 가려던 참이었다.

"비바람이 무섭습니다. 오늘은 권번에서 주무시고 가시지요."

"저희 집도 걱정이니 자고 갈 수가 없습니다. 권번도 비 피해 없도록 단속 잘하고 주무세요. 이만 갑니다."

권번 사무장이 잡았지만 이화중선은 권번을 나와 집으로 향했다. 인력거를 탈까 생각도 했지만 이런 빗속에 인력거를 끌기가 얼마나 힘들겠나 싶어 인력거도 포기하고 우산을 짧게 잡고 치마를 걷어 올리고 걷기 시작했다. 길바닥엔 이미 발목까지 물이 차서 흘렀다. 빨리 가야 했다. 심상치 않았다.

"큰일이네. 이러다가 한강 둑이 터지는 거 아니여?"

이화중선은 혼잣말을 중얼거리며 걸음을 재촉했다. 집이 안양천보다 어지간히 위쪽에 있어서 잠길 염려는 없다고 생각했는데 한강 둑이 터지면 장담할 수 없었다. 허겁지겁 얕은 오르막길을 올랐다. 집은 아직 무사했다. 이화중선은 집에 들어서자마자 동생들에게 큰 소리로 말했다.

"어서 피난을 가야 한다. 뒷산이 무너져서 집을 덮칠 수도 있어. 어서 나와!"

야트막한 산을 깎아 집을 짓고 사는 동네라 위험했다. 셋은 쌀과 옷, 꼭 필요한 살림살이만 재빨리 챙기고 동네에서 가장 높은 곳으로 올라갔다. 셋은 피난을 가면서 다른 집에도 소리쳤다.

"어서 집에서 나오세요. 산사태가 날 수 있어요. 빨리요!"

빗소리에 세 사람이 외치는 소리가 묻혔지만 사람들은 서둘러 간단히 보따리를 챙겨 언덕으로 올라갔다. 그러는 중에도 비는 그야말로 물 폭탄처럼 퍼부었다. 얼마 뒤 안양천이 완전히 넘쳐 버렸다. 그러자 안양천 양쪽에 늘어서 있던 낮은 초가들이 모두 물에 잠기기 시작했다. 그러고도 물은 계속 차올랐다. 그렇게 밤새 비가 퍼부었다. 언덕 위 교회당으로 피난을 간 사람들은 잠을 한숨도 못 자고 뜬눈으로 밤을 새웠다. 걱정도 걱정이지만 교회 양철 지붕에 쏟아지는 빗소리가 너무 시끄러워 잠을 잘 수가 없었다.

다음 날 아침, 지붕도 날려버릴 것 같던 세찬 바람이 어느새 그치고 비도 그쳤다. 창문을 열고 밖을 본 사람들이 외쳤다.

"아이고! 경성이 물바다가 됐네!"

"이를 어쩐대, 한강이 넘쳤군, 넘쳤어."

눈에 들어온 경성의 모습은 매우 낯설었다. 한강 둑이 터져 그야말로 물바다였다.

"아이고 우리 집! 아이고! 아이고!"

여자들이 교회 바닥을 치며 통곡을 했다.

"아이고 하나님, 우리가 뭔 죄를 지었다고 이렇게 다 쓸어버린대요? 아이고 하나님!"

사람들은 하나님을 원망하며 울부짖었다. 집도 전차도 공장도 잠기고 경성역의 기차도 잠겼다. 이화중선도 할 말을 잃고 교회 바닥에 늘어져 있었다. 밤새 고생했더니 힘이 없어 일어날 기운도 없었다. 어차피 지금 집에 갈 수도 없으니 물이 어느 정도 빠질 때까지 기다려야 했다.

며칠 뒤 이화성은 동네 남자들과 함께 뒷산 축대를 살펴보러 갔다. 비가 하루만 더 왔어도 축대가 무너지고 그 아래 있던 집들은 모두 흙 속에 파묻힐 뻔했다. 사람들은 뜨거운 햇살에 땀을 뚝뚝 흘리며 큰 돌을 구해다 축대를 보수했다. 보수가 거의 끝난 날 밤이었다.

비가 그친 지 며칠
되지도 않았는데 또다시 바람이 점점 세
지며 비가 내리기 시작했다.

"이거 큰일인데. 태풍이 또 오는 거 아녀?"

"설마요, 태풍이 지나간 지 며칠이나 됐다고 또 태풍이겠어요?"

하지만 그 거센 바람은 진짜 태풍이었다. 지난번 태풍에 쓰러진 나무들이 수두룩한데 간신히 버티고 있던 나무들마저 모두 쓰러지기 시작했다. 물 폭탄도 다시 쏟아졌다.

"빨리 피난 갑시다! 다시 교회로 올라가요!"

마을 사람들은 다시 교회로 피난을 갔다. 바람은 교회 지붕도 날려
버릴 듯 으르렁거리며 휘몰아쳤다. 교회 문은 사정없이
덜컹거렸고 창문 틈으로 빗물이 줄줄 새
들어왔다.

여자들과 아이들은 십자가 앞에 무릎 꿇고 앉아 두 손을 모으고 기도했다. 제발 살려달라고. 성경에 나오는 노아의 홍수처럼 세상을 다 쓸어버리지 마시라고, 혹시 쓸어버리셔도 아이들은 살려달라고, 그렇게 밤을 지새우다 새벽이 되어서야 모두 이리저리 되는 대로 누워 잠을 청했다.

다음 날, 아무 일 없었던 것처럼 맑은 해가 둥실 떴다. 이화중선이 가장 먼저 눈을 뜨고 창문을 열었다.

"헉!"

세상은 또다시 바다였다. 높은 지붕만 물 위에 솟아 있고 낮은 지붕들은 모두 다 잠겨서 경성은 육지가 아니라 거의 바다처럼 보였다. 지난번 태풍에 한강 둑이 터졌으니 이번 태풍과 폭우에는 아무 거리낌 없이 한강 물이 경성에 들이닥친 것이다. 경찰들이 쪽배를 타고 이리저리 다니며 지붕 위에서 살려달라고 손을 흔드는 사람들을 구했다. 기차가 다니는 한강 철교도 잠겼다. 학교도 잠기고, 무엇보다 벼가 익어가는 논이 모두 물에 잠겼으니 앞으로 먹고 살 일이 막막했다. 이화중선은 바닥에 풀썩 주저앉았다.

1925년(을축년) 7월, 8월 두 달 동안 태풍 네 개가 조선 땅을 휩쓸고 갔다. 두 개가 경성과 경기도를 정통으로 휩쓸고 지나갔고 하나는 경상도를, 하나는 평안도까지 치고 가는 바람에 한반도 전체가 쑥대밭이 되었다. 한강도 넘치고 충청도의 금강, 전라도의 섬진강, 경상도의 낙동강, 가장 북쪽의 압록강까지 넘쳤으니 조선 땅은 그야말로 '노아의 홍수'를 겪은 것이다.

그 물난리 통에 말할 수 없이 많은 사람이 죽고 삶의 터전을 잃었다. 죽은 사람도 죽은 사람이지만 산 사람들은 생지옥에서 살아야 했다. 겨우 목숨을 건졌지만 집들은 다 떠내려가거나 무너진 게 태반이었다. 먹을 것이나 입을 것이 있을 리 없었다. 이글거리는 태양 아래 파리와 모기가 들끓고, 전염병이 돌아 어린아이부터 죽어 나갔다. 병원에는 일본 사람이나 돈 많은 사람만 갈 수 있었다.

사람들은 제대로 먹지도 못하면서 부서진 집을 다시 짓고 쓰러진 벼를 일으켜 세우느라 뙤약볕 아래서 중노동에 시달렸다. 학생들도 수해 복구에 손을 보태느라 학교는 제대로 운영되지 못했고 시장에는 사고팔 물건도 별로 없었다. 공장과 밭도 모두 물에 잠겨 먹을 만한 푸성귀조차 구하기 힘들었다. 결국 집을 버리고 고향을 떠나서 정처 없이 떠도는 사람들이 늘어만 갔다. 상황이 이 지경인데도 총독부는 사람들을 살리기 위해 사력을 다하기보다는 폭동이 일어나지 않게 통제하기만 바빴다.

"국가가 인민의 생활을 무시하고 어찌 그 존재 이유가 있겠습니까? 우리라도 발 벗고 나서야 합니다. 이대로 조선 백성들이 죽어 나가는 것을 보고 있을 수 없습니다. 수재민 돕기 위문 공연을 합시다."

여기저기서 조선 사람들이 수재민을 돕기 위해 나섰다. 국악인들도 팔을 걷어붙였다. 전국의 청년회와 신간회, 형평사 같은 사회단체들, 그리고 언론사들이 권번과 손을 잡고 수재민 돕기 공연을 마련했다. 조금이라도 먹고살 만한 사람들은 공연장에 가서 공연을 보고 돈을 냈다. 그렇게 모은 돈으로 집을 새로 짓고, 학교를 고치고, 보육원을 세우고, 야학을 도왔다.

이화중선도 부지런히 위문 공연을 하러 다녔다. 죽어가는 사람들을 살리는 일이라 더욱 열심히 온 마음을 다해 소리를 했다.

그러던 어느 날 이화중선과 쌍벽을 이루는 소리꾼 김초향이 찾아왔다. 소속 권번은 다르지만 한 살 차이라 가깝게 지내면서 여러 공연을 함께 해왔던 사이다.

"성님, 김해 농민회에서 위문 공연 좀 해달라는데 함께 가실래요? 김해도 낙동강이 넘쳐서 피해가 말도 못한대요."

"김해면 부산 가기 전이구나. 멀긴 하지만 어디든 가야지. 누구랑 가는가?"

"여기서는 우리 둘이 가고 김해 권번 기생들이 함께할 거래요. 김해 농민연맹 대표님이 특별히 우리 둘을 초청한 거라고 합니다."

"그래? 어떤 분인지 궁금하군."

전국 판소리 명창 대회 이후 이름이 널리 알려져 전국 곳곳에서 이화중선을 찾고 있던 터였다. 김해에서까지 자신을 찾다니 생각지도 못한 일이라 이화중선은 서슴없이 승낙했다.

경성역 광장에는 구걸하는 사람들이 줄지어 서 있었다. 본래 흰옷이었겠지만 때에 절어 시커메진 옷에 머리는 헝클어지고 눈은 퀭한 사람들이 길게 줄지어 서서 지나가는 사람들에게 손을 내밀었다. 눈만 하얗게 반짝이는 어린아이들은 엄마 치맛자락을 잡고 주저앉아 있었다. 이화중선과 김초향은 차마 그들을 똑바로 볼 수가 없어서 무거운 마음을 안은 채 바삐 기차역으로 들어갔다.

시커먼 증기기관차가 하얀 증기를 내뿜고 굉음을 내며 경성역을 천천히 벗어났다. 물 폭탄이 쏟아진 지 두 달이 지났지만, 경성 시내는 아직도 매우 어수선했다. 반 이상 부서진 집들이 여기저기 눈에 띄었고 비쩍 마른 사람들은 얄따란 흰옷을 입고 돌아다녔다.

경성을 물바다로 만들었던 한강은 잔잔히 흐르고 있었다. 한강 변에는 온전히 서 있는 나무가 얼마 없었다. 하지만 쓰러진 나무들은 죽지 않아 나뭇잎이 노랗게 물들어 가고 있었다. 일부는 겨우내 죽겠지만 쓰러진 채 살아가는 나무도 있을 터였다. 쓰러져서도 꽃을 피우고, 열매와 씨를 맺고, 그 씨앗에서는 새로운 싹이 돋아나 푸른 나무가 다시 자랄 것이다. 이화중선은 나무들이 무성한 한강을 상상하며 철교를 건넜다.

기차가 노량진을 지날 때는 지게에 커다란 옹기를 잔뜩 짊어진 어린 지게꾼이 이화중선 눈에 띄었다. 옹기를 여러 개 높게 쌓아 올린 지게는 위태로워 보였고 댕기 머리 소년은 힘겨워 보였다. 쓰러지지 않고 시장까지 잘 가서 다 팔아야 쌀을 사 가지고 집으로 돌아갈 수 있을 텐데…. 이화중선이 얕은 한숨을 내쉬었다. 저 아이가 부디 굶어 죽지 않고 오래오래 살 수 있기를 눈감고 간절히 기도했다.

충청도와 경상도 들녘의 벼들은 여전히 누워서 익어갔다. 저 중에 썩지 않고 온전히 먹을 수 있는 쌀이 얼마나 될까? 그마저도 일본이 빼앗아 가면 조선 사람들은 모두 굶어 죽어야 한다.

"아휴, 저 벼 좀 봐요. 아직도 많이 누워 있네."

"그러게 말이다. 완전히 다 쓰러졌으니 저걸 다 어떻게 세우겠느냐? 농민들도 많이 죽고, 아프고, 배를 곯아서 일할 만한 사람들이 많지 않을 텐데 정말 큰일이구나."

"그래도 일본은 저 쌀을 다 제 나라로 가지고 갈 거예요. 지금 중국에서 잡곡을 엄청나게 수입하고 있대요. 우리나라 사람들한테는 보리나 콩 같은 잡곡을 주고, 쌀은 다 자기 나라로 가지고 갈 거래요."

"나쁜 놈들, 잡곡은 쌀이랑 같이 먹어야지. 잡곡만 먹으면 속이 차겠느냐? 그거라도 넉넉히 주면 좋을 텐데. 그러지도 않을 게 분명하니 큰일이다. 우리 아이들이 배를 곯다가 다 죽어가겠구나. 아휴."

　이화중선은 자기도 모르게 크게 한숨을 쉬었다. 어렸을 때 굶주렸기 때문에 누구보다 배고픈 이들의 심정을 잘 알았다. 목포에 살 때는 정말 자주 굶었다. 돈을 벌러 떠난 아버지를 기다리며 남의 집에 얹혀살 때라 배고프다고 칭얼거리지도, 밥 달라는 말도 제대로 못 하고 살았다. 그래서 비쩍 마른 아이들만 보면 애간장이 탔고 그런 아이들을 도와주는 일이라면 어디든 달려갔다.

　드넓은 강에는 누런 황토물이 흐르고 있었다. 물속에 허리까지 잠긴 버드나무들이 듬성듬성 보였다. 낙동강 철교를 지나며 보는 강물은 무서웠다. 물이 너무 많이 차 있어서 기차가 강 속으로 빨려 들어 갈 것만 같았다. 저 강물 속에 쓸려가 죽은 사람들과 동물들이 얼마 나 될까? 무너지고 떠내려간 집은 또 얼마나 될까? 마음이 무겁기만 했다.

이른 아침에 경성역에서 출발한 기차는 저녁이 다 돼서야 삼랑진 역을 지났다. 삼랑진역부터는 낙동강을 따라서 계속 내려갔다. 낙동 강 강물은 지는 햇살을 받아 붉게 물들어 갔다.

"부산역까지 가지 말고 구포역에서 내리라고 했어요."

두 사람은 서둘러서 짐을 챙겨 내렸다. 구포역에는 중절모자를 쓴 남자가 두 사람을 기다리고 있었다.

"어서 오시지요. 김해 농민연맹 대표 배종철입니다. 이렇게 두 분 을 모시게 돼서 영광입니다."

배종철이 두 사람을 반갑게 맞이했다.

"몇 년 전에 경복궁에서 열린 판소리 명창 대회에서 두 분 소리를 듣고 잊지 못하고 있었습니다. 다시 뵙게 되어 영광입니다."

"수천 명의 관중 가운데 계셨군요. 불러 주셔서 고맙습니다."

"예, 그때 경성에 동지들을 만나러 갔다가 마침 명창 대회가 있다 고 해서 구경하러 갔었습니다. 이화중선님 소리를 듣고 제가 넋이 나 갔었습니다. 저렇게 고운 목소리를 내시는 분을 꼭 가까이서 뵙고 싶 었습니다. 김초향님의 소리에도 큰 감동을 받았지요. 여자 명창인 데도 폭포처럼 우렁찬 소리를 쏟아내셔서 깜짝 놀랐습니다. 그래서 이렇게 두 분을 이 멀리까지 모신 것입니다."

"그러셨군요. 좋게 봐주셔서 감사할 따름입니다."

간단히 인사를 나누고 역사를 벗어나니 누더기를 입은 사람들이 떼 지어 이화중선 일행에게 몰려들었다.

"한 푼만 줍쇼. 한 푼만 줍쇼."

"아이들이 죽아갑니더. 한 푼 주고 갑쇼."

걸음을 떼기도 힘들 정도로 많은 사람이 몰려들었다. 한 푼 달라고 외치는 간절한 목소리에 이화중선과 김초향은 어찌할 줄을 몰랐다. 누구 한 사람한테 돈을 줄 수 있는 상황이 아니었기 때문이다.

간신히 택시에 올라탄 세 사람은 깊은 한숨을 내쉬었다. 이화중선은 가슴이 무너지는 듯했다. 저 사람들을 어떻게 살릴 것인가? 일본에서 쌀을 가져다가 저 사람들을 먹이면 될 텐데 그럴 기미는 보이지 않고, 그저 폭동이 일어나지 않게 치안 유지에만 힘쓰고 있으니 답답한 마음이 가시지 않았다. 구포역에서 김해 읍내까지 가는 신작로에는 키 큰 미루나무들이 죄다 쓰러져 있었고 길 양쪽 들판은 모래밭인지 논인지 분간이 안 갔다.

"저 모래밭이 다 논이었습니다."

"네? 논이라고요?"

두 사람이 깜짝 놀랐다.

"부산과 김해는 바다가 가까워서 태풍이 불 때 바닷물이 밀려 들어와 논을 다 모래로 뒤덮어 버렸습니다. 어디가 누구네 논인지 분간도

못 할 지경이라 측량부터 다시 하고 있습니다. 그래봤자 거의 다 일본인들 소유지만요."

안타까운 마음에 모래밭에서 눈을 못 떼고 있는데 길가에 아기를 업은 할머니 한 명이 보였다. 할머니는 얼마 전까지 논두렁이었을 모래 두둑을 걸으며 울고 있었다. 아이는 포대기에 싸여 축 늘어져 있었다. 논이 다 모래밭이 되었으니 저 아이를 어떻게 살린단 말인가? 두 사람 눈에도 눈물이 맺혔다.

"연세 많으신 어르신들은 물난리 때 죽었어야 했는데 죽지도 못하고 이렇게 살아 굶어 죽게 생겼다며 한탄하십니다. 게다가 전염병이 돌아 아이들이 많이 죽어서 앞날이 막막합니다. 이대로 가다간 우리 민족의 미래가 없어집니다. 아이들을 살려야 합니다."

"아이들을 살려야죠. 아이들이 살아야 우리 미래가 삽니다. 돈이 모이면 굶고 있는 아이들이 있는 집부터 쌀을 사서 주세요."

"네, 야학도 다시 열 생각입니다. 돈이 없어서 학교를 못 가는 아이도 많고 우리말과 우리글, 우리 역사를 가르치려면 야학이 꼭 필요합니다. 이번 공연으로 수익이 많이 생기면 여자 야학도 열 생각입니다."

"훌륭한 생각입니다. 여자도 잘 배워야 합니다. 아이들을 낳고 키우는 게 여자들 아닙니까? 여자들의 정신이 올바르게 서 있어야 아이들도 올바른 정신을 가진 우리 민족으로 키울 수 있습니다. 열심히 노래하고 저도 성금을 내겠습니다."

이화중선이 말하자 김초향도 거들었다.

"그래요. 권번에서 일하는 기생이라고 아직도 저희를 천민 취급하며 무시하는데, 권번 기생들만큼 많이 배운 여자들은 없을 겁니다. 시와 붓글씨, 그림은 물론이고 우리 전통 판소리와 정가 그리고 요즘은 신학문도 많이 배우고 있습니다. 세상 돌아가는 일도 많이 알지요. 그래서 이렇게 필요하다고 생각하는 곳은 어디든 뛰어가서 공연하는 것이랍니다."

"지금 나라를 되찾을 수 없다면 우리 후손들 대에는 꼭 되찾아서 좋은 나라를 만들어야 합니다. 양반 상놈이 있는 나라가 아니라 모두가 평등한 나라를 말입니다. 그러려면 여자들도 꼭 배워야 합니다. 여자 야학을 꼭 열어주세요. 힘껏 돕겠습니다."

김초향과 이화중선의 이야기에 배종철은 감명을 받았다. 세 사람은 간단히 식사하고 공연장으로 들어갔다.

> 흥보가 지붕으로 올라가서 박을 톡, 톡 튕겨보니
> 칠팔월 찬 이슬에 박이 깍 깍 여물었겠다.
> 흥보가 박 세 통을 들여놓고 타는디
> 박 타는데 무슨 소리가 있으리오마는
> 망로이가◆라 한번 타 보는 것이었다.

◆　노동의 고됨을 노래로 잊는다는 뜻

천여 명이 모인 공연장에서 이화중선과 김초향의 판소리가 시작되었다. 흥보가의 '흥보 박 타는 대목'이었다. 진양조장단으로 천천히 풀어나가던 이야기가 휘모리장단으로 박을 탔다.

흥보가 좋아라고 흥보가 좋아라고 흥보가 좋아라고
궤 두 짝을 톡톡 털고 열고 보니 도로 하나 그득하고
부어 내고 덜어 내고 톡톡 털고
돌아섰다 돌아보니 도로 하나 그득
흥보가 좋아라고 흥보가 좋아라고
이리 갔다 열고 보니 도로 하나 그득하고
저리 갔다 열고 보니 도로 하나 그득하고
오줌 누고 열고 보니 도로 하나 그득하고
똥을 누고 열고 보니 도로 하나 그득하고

그동안 판소리는 소리꾼 한 명이 여러 사람 역할을 다 해왔는데 요근래에는 역할을 나누어서 하기 시작했다. 목소리가 굵은 김초향이 흥보 역할을 하고 목소리가 고운 이화중선이 흥보 마누라 역할을 했다. 두 사람은 박을 타는 장면에서 신나게 춤을 추며 함께 노래했다.
관중들은 판소리에 빠져들었다. 그동안 거의 남자 혼자 하는 판소리만 보다가 여자 둘이 하는 판소리를 보니 새롭고 재밌었다. 소리를 끝내고 두 사람이 부채를 접고 절을 하자 공연장에는 박수 소리와 함

성 소리가 여름날 소나기 퍼붓듯 쏟아졌다.

"재청이요! 재청이요!"

사람들이 소리를 더 듣고 싶어서 자리를 뜨지 않고 계속 재청을 외쳤다. 그러자 이화중선이 마이크 앞에 다시 섰다.

"여러분, 지금 우리 조선은 평생 겪어보지 못한 큰 물난리에 죽지 못해 살아가는 동포들이 너무도 많습니다. 경성역과 구포역에는 구걸하는 사람들로 넘쳐나고 있습니다. 그 처참한 광경을 차마 눈 뜨고 볼 수가 없을 지경입니다. 이렇게 헐벗고 굶주려 힘없이 내민 그들의 손에 밥 한 그릇이라도 마련해 줍시다. 굶어 죽어가는 아이들을 살립시다. 그 아이들이 다 죽으면 우리 조선은 영영 사라지는 것입니다. 앞으로 다가올 겨울을 아이들이 잘 버틸 수 있도록 꼭 도와주시기를 바랍니다."

이화중선은 떨리는 목소리로 진심을 다해 간절히 말했다. 사람들은 박수를 쳤다. 두 사람은 몇 곡을 더 부르고 무대에서 내려왔다. 공연이 끝나자 사람들은 모두 주머니를 뒤져 가지고 있던 돈을 모두 꺼내 성금함에 넣고 나갔다. 다음날 두 사람은 공연비는커녕 그 멀리 갔는데 교통비조차 안 받고 그냥 돌아왔다.

을축년의 겨울은 매우 혹독했다. 가을에 수확한 벼는 매우 적었고 그마저 반 이상 일본이 가져가 버렸으니 조선 사람들의 배를 채워줄 쌀은 구경하기 힘들었다. 구호물자로 받은 좁쌀과 보리쌀에 시래기를 넣고 물을 가득 부어 죽을 끓여 먹으며 하루하루를 살아갔지만,

마을마다 죽어 나가는 아이들이 끊이지 않았다.

그래도 간신히 12월을 보낸 사람들은 1월 1일 해가 뜨자 자기도 모르게 새로운 희망을 슬며시 품었다. 서로 새해 복 많이 받으라고 인사를 건넸고 아이들은 동네 어른들에게 세배하러 다녔다. 형편이 괜찮은 집에서는 가래떡을 뽑아 떡국을 끓여서 굶는 사람들에게 나눠 주었다. 아이들은 코를 줄줄 매달고 연을 만들어 동산에 올라가 높이 띄우며 올해는 쌀밥 많이 먹게 해달라고 빌었다.

희망을 품었지만 배가 부르지는 않았다. 뱃가죽이 등가죽에 붙은 채 잠든 사람들은 문틈으로 들어온 칼바람 따라 저세상으로 떠났다. 구걸하며 거리를 헤매다가 함박눈을 이불처럼 덮은 채 이 세상을 떠나버린 사람들도 많았다. 그렇게 겨울은 매섭게 지나갔다.

햇살이 따뜻해지자 새들은 들로 산으로 날아다니며 즐겁게 노래했다. 사람들도 돋아나는 나물이랑 새순을 따 먹으러 들로 산으로 부지런히 움직였다. 가을에 뿌려 놓은 보리가 자라서 푸른 들판이 넘실거렸지만 보리가 다 익어서 밥상에 오르려면 아직 멀었다. 쌀독을 닥닥 긁어도 기장쌀 하나 나오지 않는 시절, 보릿고개였다. 그 어느 고개보다 넘기 힘들다는 보릿고개를 넘어가느라 사람들은 먹을 수 있는 꽃이라면 피는 족족 다 따먹었다. 칡뿌리는 진즉에 씨가 말랐고 죽순은 가장 부지런한 사람들이 가장 먼저 캐가서 구워 먹었다.

얼음이 녹자 강가에 사는 사람들은 물고기를 잡아먹어 그나마 나았고 바닷가에 사는 사람들은 조개와 미역을 따 먹을 수 있으니 살

만했지만 강도 없고 바다도 없이 그저 들판에만 기대 사는 사람들은 심각한 영양실조에 눈이 노랗게 되고 얼굴도 누렇게 떴다. 아이들 얼굴에는 희끗희끗한 마른버짐이 피어났고 머리에는 이와 서캐가 버글버글했다. 갈아입을 옷이 없어서 1년 내내 한 벌로 살아가던 사람들은 흰옷이 거의 까만 옷이 되어갈 즈음 냇가에 가서 옷을 빨아 입었다.

그렇게 힘겹게 하루하루 살아가던 어느 날, 후덥지근한 바람 속에 청천벽력 같은 소식이 들렸다.

"창덕궁 전하◆가 승하하셨다!"

고종 황제의 대를 이어 대한제국의 황제 자리에 올랐지만 나라를 빼앗긴 뒤 경복궁마저 빼앗기고 창덕궁에 갇혀 살아야 했던 조선의 마지막 임금이 돌아가신 것이다. 사람들은 땅을 치고 통곡하며 마지막 임금님의 승하를 비통해했다. 천도교와 독립운동 단체들은 고종의 인산일◆◆에 만세운동을 벌였던 것처럼 순종의 인산일에 만세 운동을 준비했지만 발각되고 말았다. 그래도 학생들의 은밀한 준비는 들키지 않아 장례 행렬이 종로 3가 단성사 앞을 지날 때 중고등학생들 수천 명이 태극기를 꺼내 들고 만세를 불렀다. 그러나 그마저도 오래 가지는 못하고 일본 헌병에 의해 금방 해산되었다.

◆ 당시 조선의 황제 순종을 지칭했던 말, 고종 황제는 덕수궁에 머물러 '덕수궁 전하'라고 불렸다.
◆◆ 황제, 황태자, 황태손 등의 장례

그해 가을 서양식으로 화려하게 지은 조선총독부 새 청사가 공사를 시작한 지 10년 만에 완공되어 낙성식◆이 열렸다. 총독부 청사에 가려 조선 왕조의 법궁이었던 경복궁은 전혀 보이지 않았고, 광화문마저 뜯겨 옆으로 옮겨졌다. 조선은 그렇게 일본의 식민지로 굳어져만 갔다.

◆   건물의 완공을 축하하는 의식

조선성악연구회

조선 땅에는 해가 갈수록 일본인들이 많이 몰려들었다. 동양척식 주식회사가 조선인들의 땅을 헐값에 사들여 일본인들에게 나눠 주다시피 했고, 크고 작은 회사들은 일본 사람들 손으로 넘어갔다. 일본 지주들의 논밭에서 소작인으로 일하던 사람들은 비싼 소작료와 비룟값에 시달리다 결국 식구들을 데리고 중국 땅 만주로 떠났다. 일본 회사에서 낮은 임금을 받으며 겨우겨우 살아가던 노동자들도 돈을 더 많이 벌 수 있다는 선전에 속아 만주로 이민을 떠났다. 그렇게 조선 사람들이 내몰린 한반도에 일본인들이 들어와 살았다.

일본 사람들은 일본의 노래와 춤과 연극을 가져왔다. 일본인 감독이 춘향전을 무성 영화로 만들어 극장에 올리기까지 했다. 경성 거리는 일본 문화로 넘실거렸다. 조선의 전통 예술인들은 조선의 문화를 지키려고 안간힘을 썼다. 이화중선도 그동안 번 돈으로 마음 맞는 사람들과 '대동가극단'이라는 공연 단체를 만들어 부지런히 공연을 다녔다. 그러던 어느 날 김초향이 이화중선의 집을 찾아왔다.

"성님, 선유도로 바람 쐬러 갑시다."

"선유도? 거기는 갑자기 왜?"

"정정렬 선생님이 송만갑, 이동백 선생님 바람 좀 쐬여드린다고 우리보고 같이 가자셔요."

"그래? 그럼 가야지. 날씨도 좋으니 뱃놀이하면 좋겠구나."

이화중선은 손가방과 양산을 챙겨 집을 나섰다.

한강의 드넓은 모래밭에는 하얀 쇠백로들이 모여 앉아서 봄 햇볕을 쬐고 있었고 축축 늘어진 수양버들 가지 사이로는 종다리가 날아다니며 비쫑비쫑 노래를 불렀다. 맑고 가벼운 종다리 노랫소리에 사람들 마음도 수양버들처럼 가볍게 춤을 추었다. 양화나루는 봄바람에 이끌려 나온 사람들로 꽤 붐볐다.

"오랜만에 한강에 나오니 속이 시원하구먼."

송만갑의 하얗고 긴 수염이 강바람에 살짝 흩날렸다. 송만갑과 이동백은 일흔이 다 되어가는 나이라 기력이 많이 떨어져서 바깥출입을 잘 안 하던 터였다. 후배 정정렬이 택시까지 불러왔으니 못 이기는 척하고 타고 온 것인데 나오길 잘했다는 생각이 들었다.

"선생님, 어서 오셔요. 저희가 먼저 왔습니다."

김초향이 밝게 웃으며 두 사람을 맞았다.

"선생님들 오랜만에 인사드립니다. 그간 평안하셨죠?"

이화중선이 인사하자 이동백이 말했다.

"이게 누군가? 화중선이 아닌가? 오랜만일세. 그래, 요즘 바쁘지?"

"네, 대동가극단을 이끌고 조선 땅 구석구석 공연 다니고 소리판에 소리 넣으러 일본에도 몇 번 더 댕겨오느라 좀 바빴습니다. 그동안 안녕들 하셨지요?"

이화중선이 원로 선생님들께 다정하게 인사했다.

"허허허 자네들이 이렇게 열심히 해서 그나마 우리 소리가 명맥을 잇는구먼. 고생이 많네."

송만갑이 김초향과 이화중선을 보며 대견해하다가 뭔가 안타깝다는 듯이 말을 맺었다.

"선생님, 저 배를 타시죠. 선유도에 들어가서 담소를 나누시게요."

선유도로 가려는 사람들이 양화나루에서 배에 올랐다. 선유도에 살거나 일 때문에 가는 사람들은 나무로 만든 널따란 나룻배에 올라탔고 놀러 온 사람들은 작은 조각배에 나눠 탔다. 나룻배에는 황소도 한 마리 타고 자전차도 타고 짐꾼들도 많이 타서 몹시 무거웠지만 뱃사공은 아랑곳하지 않고 장대로 강바닥을 꾸욱 눌렀다. 배는 강물에 둥실 가볍게 몸을 실었다. 명창들도 조각배에 나눠 타고 뱃놀이를 시작했다. 정정렬이 송만갑에게 물었다.

"선생님, 뱃놀이 오랜만에 하시죠?"

"을축년 대홍수 때 경성 전체 아니 조선 땅 전체가 물바다가 되지 않았나? 그때 이후로 물가에는 근처도 안 갔다네. 자네는 괜찮은가 보구먼."

송만갑이 을축년 대홍수 얘기를 꺼내자 이동백이 손에 쥔 부채를 펴서 살살 흔들며 말했다.

"숭례문 앞까지 물이 찼고 경성역에 서 있던 기차에도 물이 들어차니 기가 막힐 노릇이었지. 내 평생 그런 경우는 처음이었어. 지금 생각해도 끔찍허네. 그때 내가 가장 아끼는 소리북도 떠내려가고 부채도 다 젖어 찢어지고 아주 형편없었지."

"아이고 그때 어떻게 살았는지…."

정정렬이 노를 저으면서 옛날 일이 떠올라 중얼거렸다.

을축년 대홍수 이후 일본은 한강에 제방을 다시 쌓는다며 선유도에 있는 바위산 선유봉을 폭파해 바윗돌로 만들어 트럭에 실어 갔다. 겸재 정선이 화폭에 담을 정도로 빼어난 경치를 자랑했던 선유봉이 그렇게 사라졌다.

"뭉텅 잘려 나간 선유봉을 보니 그때 참사가 엊그제 일 같구먼."

이동백은 습관처럼 부채를 펴서 살살 흔들었다. 배가 벌써 선유도에 닿았다. 이화중선과 김초향, 정정렬이 먼저 도착해 있었다. 여섯 사람은 모래밭을 걸어 산기슭에 있는 너럭바위까지 갔다. 바위에 앉아 한강 쪽을 보니 모래밭에 여섯 명의 발자국이 어지럽게 박혀 있었다. 소리 하나를 붙잡고 험난한 세월을 헤치며 살아온 지난 시간 같았다. 멀리 북한산 아래 경성 시내가 보였다. 모두 풍경을 보느라 한

동안 말이 끊긴 사이 김초향이 소리를 시작했다.

　범피중류 둥둥 떠나가는디,
　망망헌 창해이며 탕탕한 물결이로구나.
　백빈주 갈매기 홍요안으로 날아들고
　삼강의 기러기는 한수로 돌아든다.

　심청이가 물에 빠져 죽기 전에 바닷물을 보며 부르는 노래였다. 여자 소리지만 낮고 굵은 소리로 발발 떨면서 부르는 김초향의 소리에는 심청이의 가련한 마음을 넘어 조선 백성들의 가련한 마음이 실려 있었다.

　"좋다. 발발 떨리는 초향이 소리를 강가에서 들으니 내 마음도 떨리는구나."

　정정렬이 우스갯소리를 했다.

　"한강수를 보며 초향이 소리를 들으니 심청이가 탄 배에 같이 탄 것 같구나. 역시 김초향이야."

　이화중선이 눈웃음을 지으며 칭찬했다. 선유봉은 반 이상 잘려 나갔지만 분홍빛 진달래가 곳곳에 피어 있고 나뭇가지마다 연둣빛 어린잎들이 쏟아져 나오고 있어서 봄놀이하기 딱 좋았다. 하지만 김초향은 표정이 밝지 않았다.

　"선생님들, 저는 걱정입니다. 이렇게 좋은 우리 소리가 일본 문화와 유행가에 밀려서 점점 구석 자리로 쫓겨 가고 있지 않습니까? 이러다 우리 판소리가 아예 사라지지 않을까 걱정입니다."

"그러게 말일세. 권번에서 소리 잘하고 악기 잘 다루던 기생들이 죄다 신민요, 유행가 가수가 되고 있으니 우리 소리는 누가 지킨단 말인가? 일본에서 밀려오는 신기한 볼거리도 많으니 우리가 가만히 있으면 분명 판소리는 사라질 걸세."

이동백이 어두운 얼굴로 심각하게 말했다.

"지금 하고 있는 음률협회도 자꾸 회원들이 줄어 걱정이네."

송만갑도 근심스러운 얼굴로 수염을 쓰다듬었다. 그러자 김초향이 눈을 반짝이며 말했다.

"이렇게 걱정만 한다고 우리 것이 지켜지는 게 아니니 뭔가를 해야 하지 않겠습니까?"

"무얼 한단 말이야?"

이화중선이 물었다.

"송만갑 선생님께서 만든 음률협회가 있지만 여러 국악인을 모으기에는 역부족인 것 같아요. 소리꾼만 아니라 악기를 하는 국악인들까지 모두 모이는 단체를 만들면 어떨까 합니다."

김초향이 선배 명창들 앞에 어렵게 의견을 내놓았다.

"허허, 아주 대견한 생각을 했구먼. 그래, 이제 우린 늙었지. 젊고 패기 있는 자네들이 앞장서서 다시 꾸리고 우리는 뒤에서 도와주어 야지."

"아닙니다. 선생님, 아직은 선생님들께서 앞에 계셔야 합니다. 힘드시더라도 맨 앞에 계셔주십시오. 그 뒤에서 궂은일은 저희가 다 하겠습니다."

정정렬이 힘 있게 말했다. 김초향의 이야기를 듣고 보니 선배로서 먼저 나서지 못한 게 부끄러웠던 것이다.

"자세한 얘기는 다음에 저희 집에 모여서 하기로 하고 오늘은 편하게 바람이나 쐬고 들어가셔요."

"그러세. 다음에 만날 때까지 궁리 좀 해보세."

몇 달 뒤 익선동에 있는 박녹주 명창 집에 사람들이 모였다.

"이제부터 여기는 저희 집이 아니라 조선성악연구회 회관입니다."

그동안 송만갑과 국악인들이 조선성악연구회를 만들었지만 변변한 사무실과 교육 공간이 없어 제대로 뭘 할 수가 없었다. 박녹주는 이것이 몹시 안타까워 널따란 기와집을 내놓았고 순천의 갑부 김종익이 이 집을 사서 연구회에 기증한 것이다. 이 일이 성사되도록 중간에 다리를 놓은 것은 순천의 이영민이었다. 소리판이 돌아가는 사정을 누구보다도 잘 알았던 이영민이 김종익에게 박녹주의 집을 사자고 제안했고, 김종익은 두말 않고 그렇게 한 것이다.

"저는 이제 남편과 함께 대전으로 내려가 살겠습니다. 부디 우리 백성들 마음을 어루만지는 소리꾼들이 되어 주시어요."

박녹주가 떠난 뒤 그 넓은 기와집은 소리, 가야금, 거문고, 북, 춤을 가르치는 교육 기관이 되었다. 원장은 이동백이 맡았고, 대표 교사는 송만갑이었다. 정정렬, 김초향, 이화중선도 교육을 맡아 틈나는 대로 열심히 가르쳤다.

이화중선처럼 소리를 잘하고 싶어서 찾아오는 여학생들이 많았다. 이화중선은 허리에 기다란 무명천을 칭칭 동여매고 마당에 서 있는 소나무에 한쪽을 매어 놓고 앞으로 몸을 끌어당기며 소리를 지르라고 했다. 자기가 젊었을 때 하던 방법이었다.

"무명천이 배를 꽉 조여주면 단전에 힘이 들어갑니다. 그러면 소리는 단전부터 몸통을 훑고 올라가 목구멍으로 나오게 되지요. 목구멍에서만 나오는 소리로는 사람들에게 감동을 주지 못합니다. 온몸에서 뿜어져 나오는 소리여야 합니다. 그런 소리만이 사람들을 울다가도 저절로 웃게 만듭니다. 열심히 수련해서 조선인들의 마음에 쏙쏙 앵기는 소리를 만들어 내세요."

소리를 배우고 악기를 배우려는 사람들이 새벽 4시부터 회관 앞에 줄을 섰다. 새벽 5시에 문을 여는데 그때 가면 연습할 자리가 없어서 몇 시간을 기다려야 했다. 우리 음악이 너무 좋아서 배우려는 사람들과 전통 음악을 살리려는 사람들의 열정이 회관을 뜨겁게 달궜다.

조선성악연구회는 정정렬 명창의 주도로 새로운 시도를 했다. 판소리와 연극을 조화롭게 섞어서 '창극'이라는 새로운 형태의 공연을 만든 것이다. 판소리는 두세 명만 함께 연습하면 되는데 창극은 등장인물도 많고 연주자도 많아서 함께 연습하는 것이 보통 힘든 일이 아니었다. 소리꾼들과 연주자들은 서로 시간을 맞추기도 힘들었다. 낮에는 각자 일터에서 일하고 저녁에 만나 밤을 새워 가며 연습했다.

이화중선도 낮에는 대동가극단에서 활동하고 밤에는 창극단에서 연습을 함께 했다. 이화중선의 역할은 춘향이의 엄마 월매였다. 이화중선은 월매 역할을 잘 해내기 위해 밤낮으로 월매의 성격과 마음을 궁리하고 또 궁리했다. 웃기는 대목에서는 확실히 웃겨서 청중들이 웃음보를 터뜨리게 해야 하고 춘향이가 매 맞을 때는 옆에서 함께 찢어지는 가슴으로 우는 모습을 보여줘야 하니 혼자 판소리할 때보다 훨씬 힘들었다. 그렇지만 새로운 도전이라 즐거운 마음으로 연구에 연구를 거듭했다. 집에서도 월매 말투로 말을 하고 행동을 해서 식구들을 웃기기도 했다.

그렇게 해서 탄생한 창극 춘향전을 동양극장에 처음 올린 날, 사람들은 흥분을 감추지 못했다. 그동안 들었던 판소리와는 완전히 다른 새로운 재미와 감동이 있었기 때문이다.

"대성공이네! 정정렬 자네가 춘향가를 새롭게 탄생시킨 거야. 이제 우리 창극도 일본 연극에 뒤지지 않겠어."

송만갑과 이동백이 정정렬을 칭찬했다.

"얼마 뒤에 군산에서 공연을 해 달라고 요청이 왔는데 춘향전 창극을 올려 보세."

"창극단이 모두 내려가려면 비용이 많이 들 텐데 괜찮겠습니까?"

"그 정도는 투자해야지. 연습도 더 열심히 해서 군산 사람들을 깜짝 놀라게 해 주게나."

"알겠습니다. 두 분도 함께해 주시지요."

조선성악연구회 창극단은 날이면 날마다 밤늦도록 연습에 연습을 거듭했다.

춘향전 창극 공연 날, 군산 극장 앞에 사람들 수백 명이 몰려와 야단을 했다.

"우리도 들어가게 해 주시오."

"송만갑 선생님! 우리도 춘향전을 보고 싶습니다!"

"이동백 단장님! 우리도 춘향전을 보고 싶소이다!"

"이화중선 명창님! 우리도 들여보내 주십시오!"

창극 춘향전을 보고 싶어 극장에 왔지만 못 들어간 사람들이었다. 입장권은 진즉에 다 팔리고 극장은 통로까지 꽉 찬 상태였다. 공연을 시작해야 하지만 극장 앞에서 소동을 부리는 사람들 때문에 시끄러워 공연을 시작할 수가 없었다. 창극단 사무장이 그들을 돌려보내려 어르고 달래고 엄포를 놓기도 했지만 사람들은 계속 소란을 피우고 있었다. 결국 이동백 단장과 송만갑, 이화중선이 밖으로 나왔다. 이동백 단장이 큰 소리로 말했다.

"여러분, 여러분의 안타까운 심정은 잘 알겠지만 오래전에 입장권이 다 팔려 어쩔 수 없습니다. 죄송하지만 이만 해산해 주십시오. 시끄러워 공연을 못 하고 있습니다. 극장 안에 있는 분들도 야단입니다."

그러자 군중들 앞에 있던 사람들이 큰 소리로 말했다.

"극장 안에 있는 사람들 태반이 일본 사람들입니다. 그 사람들이 입장권을 미리 다 샀기 때문에 우리는 살 수가 없었습니다."

"비록 입장권은 못 구했지만 춘향전은 꼭 보고 싶습니다."

"춘향전을 일본 사람들 보라고 만든 것입니까? 조선 사람들 보라고 만든 것입니까? 일본 사람들이 땅도 다 차지하고 쌀도 다 빼앗아 가고 이제는 춘향전까지 빼앗아 가는 것입니까?"

사내들의 항의에 이어서 한 여자가 울음 섞인 목소리로 말했다.

"이것저것 다 빼앗기고 죽지 못해 사는 신세인데 평생 한 번 볼까 말까 하는 춘향전마저 자리를 빼앗겨 못 보게 되다니 너무나 억울합니다. 아이고 아이고 내 신세야!"

여자는 결국 울음을 터뜨렸고 군중 속에 섞여 있던 다른 여자들도 "아이고 내 팔자야! 아이고 내 신세야!" 하며 탄식을 했다. 그러자 이화중선이 이동백 단장에게 말했다.

"단장님, 내일 조선 사람들만을 위해 공연을 한 번 더 하는 게 어떻겠습니까?"

"단원들이 힘들겠지만 그렇게라도 해야지 큰일 나겠어."

그러자 송만갑이 거들었다.

"조선 사람들은 무료로 보여주도록 하세."

"좋은 생각이네."

이동백이 사람들에게 큰 소리로 말했다.

"저희가 여러분들의 사정을 잘 알았습니다. 군산의 상황이 그런 줄 몰랐습니다. 그래서 내일은 조선 사람들만을 위해 공연을 하도록 하겠습니다. 입장료는 없습니다. 공짜입니다!"

"와! 그게 정말입니까?"

사람들은 깜짝 놀라서 소리를 질렀다.

"그러니 이제 돌아가시고 내일 저녁 6시까지 꼭 오십시오."

"알겠습니다. 조선성악연구회 만세!"

"고맙습니다! 고맙습니다."

사람들은 함박웃음을 지으며 흩어졌다.

"자, 이제 우리도 들어가서 공연을 시작해 보세."

공연이 자꾸 늦어져 속이 타들어 가던 정정렬은 사태가 해결되자 재빨리 배우들을 준비시켰다.

"임방울! 이중선! 준비됐지? 어서 시작해!"

춘향이 역할에는 이중선, 이몽룡 역할에는 당시 가장 인기 있는 남자 명창 임방울이 준비하고 있었다. 이중선은 언니 못지않게 점점 이름을 널리 날리고 있었다. 임방울은 몇 년 전 동아일보 주최 전국 판소리 명창 대회에 등장해 경성 바닥을 발칵 뒤집어 놓은 인물이었다. 나이가 많은 이화중선은 춘향이 엄마 월매를 맡았고 이동백과 송만갑도 변 사또 생일잔치에 초대받은 운봉 사또, 곡성 사또 역할을 맡아 분장을 하고 무대에 올랐다.

남원부사로 발령 난 아버지를 따라 전라도 남원에 내려온 이몽룡이 춘향을 만나 한눈에 반해 아버지 몰래 혼인까지 하는 장면을 임방울과 이중선이 가슴 떨리게 표현해 냈다. 조선 사람이든 일본 사람이든 무대에서 눈을 떼지 못하고 창극에 빠져들었다. 판소리에 익숙한 조선 사람들은 "좋다! 얼씨구! 잘헌다! 얼쑤!" 하며 추임새를 계속 넣어 무대에서 연기하는 사람들과 하나가 되어 즐겼다.

일본 사람들은 조선말로 하는 판소리를 제대로 알아듣지 못해 아쉽기도 하고 조선 사람들이 추임새를 넣으며 배우들과 함께 즐기는 것이 몹시 부럽기도 했다. 춘향전 이야기는 1882년 일본『아사히 신문』에 연재가 된 뒤로 일본에 알려져 소설책으로도 나오고 최근에는 무성 영화와 일본 전통연극인 가부키극으로 일본과 조선에서 공연을 하고 있어서 일본 사람들도 춘향전을 모르는 사람이 거의 없었다.

이야기는 무르익어 남원 부사 변학도가 춘향을 괴롭히다 죽이려 하는 대목에 이르렀다.

암행어사 출두요! 출두허옵신다! 출두야!
두세 번 외는 소리 하늘이 덥석 무너지고
땅이 툭 꺼지는 듯 대낮에 벼락이 진동하고
여름날이 불이 붙어 가슴이 다 타는구나.
각 읍 수령이 넋을 잃고 탕건 바람 버선발로
대숲으로 달아나며

암행어사가 된 이몽룡이 출두하여 사또들이 정신없이 도망치는 장면에 이르자 사람들은 "와!"하며 손뼉을 쳤다. 곡성 사또, 운봉 사또 역할을 맡은 송만갑과 이동백도 혼비백산 도망가는 모양을 도포 자락 휘날리며 실감 나게 연기했다. 사람들은 속이 시원하게 웃으며 박수를 쳤다.

창극이 끝나자 관중들은 속이 시원해져서 끝없이 박수를 쳤다. 임방울과 이중선이 손을 잡고 나와 인사를 하자 객석에서는 환호성이 터지면서 더 큰 박수 소리가 쏟아져 나왔다.

공연은 대성공이었다. 객석의 반 이상이 일본 사람들이었는데도 반응은 뜨거웠다.

"모두 고생하셨습니다. 내일은 조선인들만을 위해 공연을 한 번 더 하게 됐습니다. 힘드시겠지만 내일 한 번 더 무대에 올라 주십시오."

정정렬은 배우들에게 자초지종을 자세히 이야기하고 부탁을 했다. 배우들은 모두 그의 뜻을 받아들이기로 하고 숙소로 향했다.

다음 날, 아침을 먹고 방에서 느긋하게 쉬고 있는 이화중선 자매에게 임방울이 찾아왔다.

"누님들, 군산항 구경하러 갑시다."

"시간도 많이 남았는데 그럴까이?"

이중선이 반갑게 대답하자 이화중선도 싱긋 웃으며 따라나섰다.

세 사람은 군산 내항 부둣가로 향했다. 초겨울이라 바닷바람이 쌀쌀했다. 비릿한 바다 냄새를 맡으니 이화중선은 서글프기도 하고 뭔가 그립기도 한 이상한 감정이 몰려왔다. 바다 냄새에서 고향 냄새가 나고 얼굴도 모르는 엄마 냄새가 느껴졌다.

군산항은 대단했다. 전주에서 쌀을 싣고 오는 기차가 군산항까지 이어져 있었고 부둣가에는 거대한 일본 증기선들이 셀 수 없이 정박해 있었다. 호남평야, 만경평야에서 키워낸 쌀을 가득 실은 기차가 군산항에 도착하자 사람들이 무거운 쌀가마를 하나씩 하나씩 기차에서 힘겹게 끌어 내렸다. 김제, 정읍, 이리에서 생산한 쌀을 소나 말이 끄는 달구지에 싣고 오기도 했다. 신작로에는 쌀을 실은 달구지 행렬이 끝도 없었다.

그렇게 전라도 곳곳에서 모여든 쌀가마들이 군산항 광장에 차곡차곡 쌓였다. 광장은 쌀더미로 꽉 차 있었지만 기차와 달구지는 계속 쌀을 싣고 들어왔다.

"세상에! 이게 다 쌀이란 말인가?"

"이걸 다 일본으로 가져간다고 합니다. 들었던 것보다 훨씬 더 어마어마하네요."

"아이고 세상에 우리 조선 사람들이 먹고살아야 하는 쌀인디 아이고 아까워라!"

세 사람은 가슴이 쓰리고 아팠다. 어제 극장 앞으로 몰려왔던 사람들 입으로 들어가야 할 쌀이 엉뚱하게 바다 건너 일본으로 가고 있는 현장을 보니 속이 타들어 갔다.

"오메! 언니 저것 좀 보슈!"

이중선이 놀라서 소리를 질렀다. 눈앞에 거대한 쌀 탑이 보였던 것이다.

"아이고 이게 도대체 쌀가마 몇 개를 쌓은 것이여?"

그것은 804개의 쌀가마로 쌓은 쌀 탑이었다. 세 사람은 입이 떡 벌어졌다. 무거운 쌀가마를 평평하게 쌓는 것도 힘든데 뾰족한 탑처럼 하늘 높이 쌓다니 기가 막힐 노릇이었다. 저걸 쌓느라 고생한 사람은 조선인들이었을 텐데 쌓다가 떨어져 다친 사람은 없었을까? 사방 보이는 곳마다 수백 가마니로 쌓은 쌀더미들이 끝없이 펼쳐졌다.

한쪽에서는 바윗덩어리 같은 쌀가마를 하나씩 짊어지고 걷는 사람들의 줄이 끝도 없었다. 그들은 부둣가에 정박해 있는 큰 배에 오르고 있었는데 그 모습이 마치 개미들이 줄지어 먹이를 옮기는 것 같았다. 쌀가마 무게에 짓눌려 쭈그러질 것 같은 남자들이 무쇠로 만든 다리를 건너 배 위로 올라가서 쌀을 두고 내려왔다.

밀물 때는 다리가 올라가고 썰물 때는 내려가서 밀물 썰물 상관없이 큰 배를 댈 수 있도록 만든 다리라는데 그런 게 세 개나 있었다. 그 다리는 굵은 쇠사슬로 올렸다 내렸다 하며 늘 물 위에 떠 있어서 '뜬다리'라고 했다. 바닷물이 일렁일 때마다 뜬다리에서는 뜩 뜨득 뜨드득 하는 기괴한 쇳소리가 났다. 마치 쌀을 끝없이 빨아들이는 거대한 괴물의 목구멍에서 나오는 소리 같아 으스스했다.

배에 쌀을 내려놓고 나오는 사람들의 줄도 길었다. 어쩐지 쌀을 짊

어지고 가는 사람들의 어깨보다 내려놓고 나오는 사람들의 어깨가 더 무거워 보였다. 그런데 쌀가마를 지고 걷는 남자들 사이에 여자들이 허리를 숙이고 뭔가를 부지런히 쓸고 있었다. 자세히 보니 바닥에 떨어진 쌀을 쓸어 담고 있었다.

"저 아낙네들은 떨어진 쌀을 주워 모아서 먹나 봅니다."

"그러게나 말일세. 저렇게 어마어마한 쌀을 놔두고 한 톨 두 톨 주워 먹고살아야 한다니 이게 말이 되는가? 기가 막혀 말이 안 나오네."

이화중선이 나직한 목소리로 조용히 말했다. 근처에 조선 노동자들에게 일을 시키고 감시하는 일본인들이 많았기 때문이다. 일본인들은 기다란 막대기를 들고 있었다.

저 쌀이 우리 동포들이 먹고 남은 것이라면, 일본 사람들이 와서 농사라도 지은 것이라면 그나마 덜 억울할 것이다. 쌀을 배에 싣는 사람들이라도 일본 사람이라면 그래도 조금은 덜 화가 났을 것이다. 일은 조선인이 다 하고 일본인들은 그저 괴물 같은 증기선에 쌀을 싣고 떠나고 있었다. 눈앞에 펼쳐지는 광경을 본 이화중선의 마음에 분노가 일었다.

그때 떨어진 쌀을 쓸어 모으던 한 젊은 여자가 픽 쓰러졌다.

"이런 빠가야로◆! 어서 일어나지 못할까?"

막대기를 든 일본인 관리가 달려와 여자에게 호통을 쳤다. 쌀가마를 짊어지고 걷던 사람이 쓰러진 여인과 부딪혀 넘어질 수도 있어서 위험한 상황이었다. 하지만 여자는 쉽게 일어나지 못했다. 일본인 관리가 여자에게 막대기를 휘두르려는 순간 이화중선이 달려갔다.

"이보시오. 일어나 보시오. 이보시오."

임방울과 이중선도 달려가 여자를 부축해 한산한 곳으로 옮겼다. 여자는 의식은 있지만 힘이 하나도 없었다. 워낙 못 먹고 살아서 그런 것 같았다.

"이보시오, 집이 어디요? 내가 업고 갈 테니 말을 해 보시오."

여자는 손가락으로 산비탈 쪽을 가리켰다. 부둣가 산비탈에는 아주 낮은 초가집들이 모닥모닥 붙어 있었다. 임방울은 여자를 둘러업었다. 이중선은 여자가 쓸어 모은 쌀 주머니를 잊지 않고 챙겼다.

산비탈 마을에 다다르니 여자가 입을 열었다.

"그만 내려주시오. 걸어갈 수 있습니다."

임방울이 여자를 내려줬다. 여자는 힘없이 서서 고개를 숙였다.

"고맙습니다. 아이를 낳은 지 며칠 되지 않았는데 나가서 일을 했더니 현기증이 난 것 같습니다. 이제 혼자 가도 됩니다."

여자의 말에 이화중선이 말했다.

"아기를 낳았다고요? 아이 낳고 바로 이렇게 추운 날 나오면 뼈에 바람 들어 평생 고생하는데…. 그럼 집에 아이가 혼자 있습니까?"

"남편은 부두에서 쌀을 나르고 있고 첫째 아이가 집에서 아기를 보고 있습니다."

◆　일본어로 '바보 녀석'이라는 뜻의 욕

"첫째는 몇 살입니까?"

"네 살입니다."

"아이고 그렇게 어린아이한테 아기를 맡기고 나오다니. 어서 같이 갑시다."

이화중선이 혀를 차며 재촉하자 여자가 앞장섰다. 산비탈 마을의 집들은 온전한 집이라고 보기 어려웠다. 땅을 파고 흙벽을 낮게 세운 뒤 지붕을 가마니로 덮은 토막집이었다. 거적때기로 만든 문을 열고 들어가자 어두운 토막집 안에 네 살짜리 남자아이가 누워 있었고 그 옆에는 갓난아기가 이불에 싸여 있었다. 남자아이는 자는 것인지 힘이 없는 것인지 사람이 와도 일어나지 않았다. 다만 "엄마."하고 작은 목소리로 부를 뿐이었다. 여자는 아이를 끌어안으며 말했다.

"용민아, 엄마 왔어."

"엄마, 배고파."

"그래, 엄마가 빨리 밥해 줄게. 조금만 기다려."

문 앞에서 이 모습을 지켜보던 세 사람은 가만히 있을 수가 없었다.

"이보게 방울이, 자네가 가서 쌀이랑 미역이랑 고기도 좀 사 오게. 산모가 잘 먹어야 젖이 나올 게 아닌가."

이화중선의 말이 떨어지기가 무섭게 임방울이 달려 나갔다. 이중선도 따라나섰다.

"아가, 조금만 기다려. 아저씨가 고기 사 오면 미역국 끓여줄게. 엄마랑 같이 먹자."

여자는 이화중선의 말을 듣고 자기도 모르게 눈물을 흘리며 입을 열었다.

"고맙습니다. 남편이 쌀을 나르고 받아오는 돈으로 저희 식구들이 겨우 입에 풀칠은 하며 살았는데 얼마 전에 용민이가 아파서 병원에 다니느라 조금 모았던 돈을 다 써버렸어요. 제가 나가서 낙미쏠이◆ 라도 하면서 쌀을 모아 오면 굶지는 않았을 텐데, 만삭 때부터는 일을 못 해 하루에 한 끼도 제대로 못 먹고 살았더니 아이도 병이 나고 저도 이 모양이 됐네요."

"그 고생을 하면서 쌀을 나르는데 그렇게 품삯을 적게 준다는 말인 가요? 그 많은 쌀을 다 빼앗아 가면서 굶주리게 한단 말인가요?"

이화중선은 아까부터 참고 있던 화가 솟아올라 자기도 모르게 화 난 소리로 말했다. 얼마 뒤 임방울이 쌀 서 말을 메고 왔고 이중선이 소고기와 미역을 사 왔다.

"이거면 겨우내 먹고 보릿고개도 너끈히 넘길 수 있을 것이오."

임방울이 쌀가마를 내려놓고 헉헉거리며 말했다. 여자는 놀라서 눈을 꿈적거렸다.

이중선은 팔을 걷어붙이고 소고기 미역국을 끓이고 쌀밥을 지어 산모와 아이를 먹였다.

◆ 떨어지는 쌀을 줍는 일

"그런데 세 분은 뉘신지요? 여기 분들은 아니신 것 같은데요."

그제야 여자는 세 사람이 누군지 궁금해했다.

"저희는 군산극장에 공연하러 내려온 소리꾼들입니다. 어제저녁에 공연했는데 오늘 저녁에 한 번 더 공연하게 돼서 시간이 남아 군산항 구경을 하던 참이었습니다."

이화중선의 대답에 여자는 몹시 놀라워했다.

"혹시 이화중선 선생님 아니십니까? 이분은 임방울 명창이시고요? 이분은 이중선? 사실 저도 혼인하기 전에 권번 기생이었습니다. 권번에 있을 때 선생님들 음반 많이 듣고 살았는데. 이렇게 뵙게 되다니 꿈만 같습니다."

"세상에, 그런 인연이. 권번에 있을 때는 이렇게 고생하지는 않았을 텐데…. 아이들 데리고 잘 살아야 해요. 알았죠? 힘내서 아이들 잘 키워요."

이화중선은 여자의 손을 잡고 머리를 쓰다듬었다. 권번 기생이었다니 남 같지 않아 더 안쓰러웠다. 사람의 인연은 참으로 묘했다. 이 여자가 이화중선 앞에 쓰러졌기에 망정이지, 아니었으면 일본 관리인에게 두들겨 맞고 쫓겨났을 게 뻔했다. 이 아이들도 굶어 죽었을지도 몰랐다.

여자와 아이가 밥을 먹기 시작하는 것을 보고 세 사람은 집을 나왔다. 이화중선은 여자의 손에 지폐 한 장을 쥐여 주고 나왔다. 여자는 눈물을 흘리며 고개 숙여 인사했다. 세 사람은 무거운 발걸음을 떼어 군산 극장으로 돌아갔다. 그날 저녁 공연장에는 조선 사람들이 한도 끝도 없이 밀려들었다.

소리의 고향 남원

뜰 안에 피어 있던 하얀 민들레꽃 씨앗이 바람에 흩날렸다. 마루
에 홀로 앉아 마당을 하염없이 바라보던 이화중선은 저도 모르게 날
아가는 꽃씨 하나를 좇아 고개를 들었다. 하늘이 파랬다.

'중선아… 중선아….'

동생의 이름이 입 안에서 맴돌았다. 둘도 없는 여동생 중선이 재작
년 가을에 세상을 뜬 것이다. 짧은 생을 살다가 간 동생이 너무나 불
쌍했고 너무나 보고 싶었다.

2년 전, 삼남 지방을 덮친 수해 피해자들을 돕기 위해 대동가극단
은 조선 팔도 순회공연을 다녔다. 이중선은 함경북도 청진 공연 때부
터 기침을 해댔다. 떠돌아다니며 공연하느라 병원을 제때 못 갔더니
기침은 폐렴이 되었고, 이중선은 결국 돌아올 수 없는 강을 건넜다.

이화중선은 동생을 그렇게 보낸 뒤로 가슴에 큰 돌덩이 하나가 들어 앉은 것 같았다. 1년 동안은 판소리도 못하고 근근이 살았다.

그러다 올 초에 간신히 마음을 추스르고 대동가극단을 운영하는데 또 다른 시련이 닥쳤다. 충청남도 논산 극장에서 공연을 끝내고 모두 밥을 먹으러 간 사이 극장에 불이 나 극장 안에 있던 가극단 재산이 몽땅 타버린 것이다. 가설극장 천막부터 무대 장치, 소품, 의상까지 모두 태워 큰 기와집 한 채 값이 날아가 버렸다.

동생을 잃은 슬픔을 간신히 딛고 겨우 일어선 참인데 1년 만에 또다시 큰 화를 입어서, 꽃을 봐도 이쁜 걸 모르겠고 눈부시도록 찬란한 햇빛도 어둡게만 느껴졌다.

"누이, 전화 받으시오. 남원에서 온 전화요!"

이화성의 부름에 이화중선은 무거운 몸을 일으켜 안방으로 들어갔다. 다른 전화였다면 받지 않았을 텐데, 남원이라 하니 수화기를 넘겨받았다.

"성님! 저예요. 봉선이. 어떻게 지내세요?"

남원 권번의 최봉선이었다. 남원 권번 대표 기생이었던 최봉선은 이제 '부산관'이라는 요릿집을 운영하는 사장이었다.

"죽지 못 해 살지."

이화중선이 힘없이 대답했다.

"그럴 줄 알았어요. 얼마 있으면 춘향제를 하니 내려오세요. 요천강 봄바람 쐬면 기운이 좀 날 거예요. 보고 싶으니 꼭 오세요. 아셨죠?"

처음에는 갈 마음이 들지 않았으나 보고 싶다는 봉선의 말에 마음이 움직였다. 아끼는 동생 최봉선은 남원에 춘향의 사당을 지어 제사를 지내고, 판소리 명창 대회를 열고 있는 여장부였다. 이화중선은 최봉선이 늘 자랑스럽고 고마웠다.

"누이, 작년에는 못 갔으니 올해는 꼭 갑시다. 나도 오랜만에 남원에 가고 싶구먼."

"그래, 알았어. 가자."

태어난 곳은 아니지만 남원은 이화중선에게도 고향이나 다름없는 곳이었다. 소리를 처음 배운 곳이기도 하고, 이렇게 기다리는 사람까지 있으니 소리의 고향이고 마음의 고향인 것이다. 전화를 끊고 이부자리에 누우니 지리산 구룡계곡에 소리 연습을 하러 쏘다녔던 시절이 떠올랐다.

하얀 물보라를 토해내는 계곡물 소리가 우렁찼다. 이중선이 시퍼렇게 요동치는 계곡물을 보고 큰소리로 야단했다.

"언니, 정말 이런 곳에서 혼자 있을 수 있어? 나는 못 해."

"저 소리를 이겨내야 득음을 하지. 옛날에 송흥록 명창, 권삼득 명창이 여기서 득음했다니 나도 해 볼 것이야! 저기 소리하는 사람들이 썼던 움집도 그대로 있으니 얼마나 좋으냐? 너는 싫으면 그냥 가."

소리꾼들은 득음하고자 폭포가 있는 깊은 산으로 소리 공부를 하러 다녔는데, 이를 산공부라고 했다. 이화중선은 산공부를 하려고 이중선과 함께 지리산에 오른 참이었다.

"아이고! 호랭이 나타나면 어쩌려고."

"호랭이가 이길지 내가 이길지 한번 겨뤄 보지 뭐. 하하하!"

이화중선은 배에다 힘을 주고 큰 소리로 시원하게 웃어젖혔다. 이화중선은 자기도 꼭 세상 소리를 다 얻고야 말겠다고 다짐했다.

"언니, 해 떨어지기 전에 꼭 내려와야 해."

"알았어, 걱정하지 마. 너는 집에 가서 내 밥이나 잘해 놔."

이중선은 먼저 산을 내려가고, 이화중선은 바위 위에 북을 놓고 앉았다. 깊이를 알 수 없는 시퍼런 용소◆를 내려다보면 겁이 나서 이화중선은 앞산만 똑바로 보며 왼손으로는 북을 잡고, 오른손으로는 탱자나무 북채를 단단히 쥐고 단전에 힘을 모았다.

그동안 배운 소리를 갈고 닦아야 했다. 아홉 마리 용이 놀았다는 구룡계곡 용소 앞에 앉으니 용왕님이 나오는 〈수궁가〉가 하고 싶어졌다.

> 갑신년 중하월에 남해 광리왕이
>
> 영덕전 새로 짓고 큰 잔치를 베풀 때에
>
> 삼해 용왕을 초대하여 군신빈객을 좌우로 늘어세우고
>
> 수삼 일을 즐기더니 과음하신 탓이온지

◆ 폭포수가 떨어지는 아래에 생기는 깊은 웅덩이

남해용왕이 우연히 병을 얻어 백약이 무효라
홀로 앉아 탄식을 허시는디

용왕이 병을 얻은 내력을 아니리로 풀고, 느린 진양조장단으로 소리를 뽑기 시작했다. 용왕이 울며 탄식하며 누가 날 살릴 것인가 신세 한탄하는 장면부터 자라가 토끼의 간을 구하러 육지에 가서 토끼를 꾀어 용궁에 데리고 오는 장면, 토끼가 꾀를 내어 육지로 다시 도망가는 장면까지 술술 풀어냈다.

자진모리, 중모리, 중중모리, 엇모리, 진양조, 중모리…. 장단이 바뀔 때마다 소리의 분위기는 사뭇 달라지고 해는 중천에 떴다 점점 서산에 가까워졌다. 수궁가 한바탕을 몇 번 불렀더니 벌써 해가 넘어가게 생겼다.

"이런, 수궁가를 세 번밖에 못했는데 해가 떨어지네. 큰일이다. 이렇게 해서 어느 세월에 득음을 하나?"

이화중선은 서둘러 산길을 걸어 마을로 내려갔다. 목은 좀 아팠지만 가슴은 벅차올랐다. 구룡계곡에서 놀던 힘찬 용들의 기운이 가슴에 꽉 찬 느낌이었다.

"중선아, 내일은 좀 더 일찍 가야겠어. 오늘 수궁가를 세 번밖에 못했어."

"그렇게 무리하면 목이 남아나겠어? 적당히 해."

"아니야. 진짜 명창들은 목에서 피를 한 바가지 쏟을 때까지 했다잖아. 나도 그렇게 해야 진짜 명창이 되지 않겠니?"

"아이고 못 말려."

다음 날부터 이화중선은 이른 새벽, 동이 트기 전에 산에 올랐다. 새벽의 계곡물 소리는 더 맑고 힘찼다. 종일토록 소리를 하는 것은 무척 고된 일이었다. 날이 갈수록 목이 부어 아프고, 몸은 지쳐 저녁이 되면 쓰러질 지경이 되어 비실비실 걸어 내려갔다. 집에 가면 말을 거의 못 했다. 파김치가 되어 쓰러져 잠들어도 다음 날이 되면 새벽같이 일어나 계곡을 따라 다시 산에 들어갔다.

그렇게 두 달이 되어가던 어느 날 새벽이었다.

"오늘은 폭포까지 가서 소리를 좀 해봐야겠다."

"언니, 너무 위험해. 가다가 진짜 호랑이 만난다고!"

"총독부에서 조선 사람들 혼이 조선 호랑이와 닮았다며 호랑이 사냥을 얼마나 해댔니? 지리산에도 이제 호랑이 씨가 말랐대. 얼마 전에 경주에서 잡힌 호랑이가 마지막 호랑이였다고 신문에도 났었어."

"그래도 지리산이 워낙 크니까 남아 있는 호랑이가 있을걸?"

"그러게. 그렇게 좀 살아있으면 좋겠다. 우리 산에서 호랑이가 싹 사라졌다고 하니 잡아먹힐 걱정은 없어졌는데 가슴이 허전하고 쓸쓸하구나."

"호랑이는 아니더라도 곰도 있고 멧돼지도 무서우니까 조심 좀 해. 뱀은 또 어떻고!"

이화중선은 동생의 잔소리에도 아랑곳하지 않고 한 손엔 부채를,

한 손엔 도시락 망태를 들고 산으로 들어갔다. 장엄하게 솟아있는 산 봉우리들 사이에 길게 흐르는 구룡계곡에는 물안개가 피어오르고 있었다. 스멀스멀 피어오르는 하얀 물안개 속에서도 물소리는 언제나처럼 우렁찼고 물가에 피어 있는 붉은 수달래꽃과 푸른 소나무들이 어슴푸레 드러나 더욱 신비로웠다. 높은 산봉우리들은 꼿꼿하게 서서 솟아오를 태양을 기다리고 있었고 새들의 노랫소리는 신선 세계에서 들려오는 음악 소리 같았다.

"이게 꿈이여 생시여? 선녀들이 사는 세상에 온 거 아니여?"

이화중선의 입에서 탄성이 터져 나왔다. 겸재 정선의 진경산수화 속에 빨려 들어가는 것 같았다. 그러다 크고 붉은 소나무 앞에 이르자 김홍도가 그린 호랑이가 떠올랐다. 굵은 소나무 가지 아래 등을 불룩 세우고 눈을 번득이며 서 있는 호랑이였다. 호랑이의 구부렁 휘어져 있는 긴 꼬리 끝에서도 힘찬 기운이 느껴졌다. 긴바늘같이 뾰족뾰족하게 선 수염 속에 앙다문 입은 세상을 향한 원망 대신 '나 이제 신선 세상으로 돌아간다' 하며 마지막 인사를 하는 듯했다. 사라진 호랑이를 생각하니 절로 수궁가 한 대목이 입에서 흘러나왔다.

범 내려온다. 범이 내려온다.

송림 깊은 골로 한 짐승 내려온다.

누에머리를 흔들며 양 귀 쭉 찢어지고

몸은 얼쑹덜쑹 꼬리는 잔뜩 한 발이 넘고

동이 같은 앞다리 전동 같은 뒷다리

새 낫 같은 발톱으로 엄동설한 백설격으로

잔디 뿌리 왕모래 좌르르르 헐치며

주홍 입 쩍 벌리고

자라 앞에 가 우뚝 서 흥앵흥앵 허는 소리

산천이 뒤놀고 땅이 툭 꺼지는 듯

자라가 깜짝 놀라 목을 움치고 가만히 엎어졌을 때에

용왕의 병을 고치려고 토끼를 잡으러 육지에 온 자라가 산에서 호랑이를 만나는 대목이었다. 재미난 대목이라 발걸음을 사뿐사뿐, 손을 흔들흔들 발림까지 해대며 흥겹게 소리를 하며 한참을 걸었다. 그런데 저 앞 안개 속에 검은 물체가 떡 버티고 서 있는 게 보였다.

"아이고머니나!"

호랑이가 아닌 반달가슴곰이었다. 안개 속에서 노랫소리가 들려오자 걸음을 멈추고 가만히 듣고 있던 곰도 눈앞에 드러난 이화중선을 보고 놀란 듯했다. 둘은 서로 얼굴을 또렷하게 볼 수 있을 정도로 가까웠다. 이화중선은 그대로 얼음장처럼 굳어버렸다. 하지만 다시 정신을 바짝 차렸다.

"곰아. 반갑구나. 헌디 내가 시방 너랑 놀아줄 수가 없는디. 내가 좀 바빠서 말이지. 우리 각자 가던 길을 가는 게 어떻겠냐?"

이화중선은 작은 소리로 천천히 중얼거리며 곰이 움직일 때까지

가만히 서
있었다. 큰 바위
에서 세차게 떨어
지는 물소리가 더욱 시끄
럽게 들렸다.

1초가 1시간처럼 느껴졌다. 이마에 땀이 나
기 시작했다. 뒤로 천천히 물러서야 하나 말아야
하나? 옆에 있는 나무 뒤로 숨어야 하나 말아야 하
나? 물속으로 뛰어들까? 별의별 생각이 스쳤지만 아
무것도 할 수 없어 꼼짝도 못 하고 서 있었다. 시간이 얼마나 흘렀을
까? 곰이 커다란 몸을 천천히 움직여 산속으로 방향을 틀어 안개 속
으로 가버렸다. 이화중선은 바닥에 털썩 주저앉았다.

"아이고, 십년감수했네. 아이고."

두 다리에 힘이 하나도 없어서 걸을 수가 없었다.

"이런 것도 못 이겨내고 어떻게 득음하겠다는 말이여 시방?"

한참 주저앉아 있던 이화중선은 엉덩이를 탁탁 털고 일어나 다시
소리를 시작하며 걷기 시작했다. 계곡을 따라 1시간쯤 더 걸어 올라
가니 웅장한 폭포가 눈앞에 나타났다. 옛날 옛적 아홉 굽이 계곡에서
놀던 용 아홉 마리가 물기둥을 타고 하늘로 올랐다는 바로 그 구룡폭
포다. 산꼭대기에서 쏟아져 내리는 거대한 물줄기가 검푸른 물웅덩
이 속에 내리꽂히며 천둥 같은 소리가 울려 퍼졌다.

웅장한 폭포를 보니 속이 뻥 뚫리고 시원했지만 그 앞에서 소리를 해야 한다고 생각하니 기가 죽어 주저앉아 한참을 바라보기만 했다.

"그려, 폭포가 이기나 내가 이기나 해 보자!"

얼마 뒤 마음을 다잡고 단전에 힘을 모아 폭포를 향해 소리를 질러 보았다.

"얼쑤! 좋다! 잘헌다!"

병풍처럼 둘러쳐진 벼랑에 목소리가 부딪쳐 마구 흩어졌다. 하지만 폭포 소리에 묻혀 거의 들리지 않았다.

"좋아! 여기서 심청가를 완벽하게 부르고 내려가자!"

이화중선은 평평한 너럭바위 위에 올라 부채를 쥐고 심청가를 부르기 시작했다. 한 시간, 두 시간, 세 시간…. 폭포 소리와 이화중선의 목소리가 한데 엉켜 춤을 추며 지리산에 울려퍼졌다. 그러는 사이 해는 장엄하게 떠오르고 안개는 시나브로 걷혔다. 새들도 어느새 조용해지고 안개가 걷혀 더욱 선명해진 폭포에 이화중선의 목소리가 쏟아지고 또 쏟아졌다. 어느새 심청가의 막바지에 이르렀다.

심 봉사가 황후가 된 심청 앞에서 자기가 누구인지 아뢰며 자신이 딸을 죽인 죄인이라고 소리를 지르는 장면이다. 이화중선은 폭포 소리를 뚫으려는 듯이 소리를 지르고 또 질렀다.

눈도 뜨지 못하고 자식만 팔아먹었으니

자식 팔아먹은 놈을 살려주어 쓸 데 있소?

당장에 목숨을 끊어주오.

심황후 이 말을 듣고 산호주렴을 걷어버리고

버선발로 우루루루루루루 부친의 목을 안고

아버지 아버지

심봉사 깜짝 놀라

에이 아버지라니, 아버지라니 누구여?

아이고 나는 아들도 없고 딸도 없소.

무남독녀 외딸 하나 물에 빠져 죽은 지가 이제 삼년인디

누가 날더러 아버지라고 허여? 누가 날더러 아버지라고 허여?

공연한 장난 말어!

아이고, 아버지 여태 눈을 못 뜨셨소?

인당수 깊은 물에 빠져 죽던 청이가 살아서 여기 왔소.

아버지 눈을 떠서 소녀를 보옵소서!

이화중선은 소리에 점점 더 빠져들었다. 폭포 소리는 이제 하나도 들리지 않았다. 심청이가 이화중선이고 이화중선이 심청이였다. 얼굴도 모른 채 일찍 여읜 어머니가 늘 그리웠고 돈 벌러 떠돌아다니는 아버지는 늘 보고 싶었다. 눈물이 줄줄 흘렀다.

아이고 답답허여라! 어디, 내 딸 좀 보자!

심 봉사 두 눈을 꿈쩍꿈쩍 허는구나.

어디 보자 어디 내 딸 좀 보자!

눈을 번쩍 떴구나!

이화중선은 소리를 멈추고 주저앉았다. 얼굴이 땀과 눈물로 범벅이었다. 폭포에 가까이 기어가서 두 손으로 물을 퍼 담아 벌컥벌컥

마시고 얼굴을 씻었다.

"아! 시원하다!"

그런데 목소리가 안 나왔다. 벌써 산공부한 지 두 달이 되어가니 목이 상한 것이다. 노래할 때는 목소리가 나왔지만 그냥 말할 때는 목소리가 나오지 않았다. 이화중선은 세수를 한 번 더 시원하게 하고 다시 심청가 한바탕을 더 부르고 나서야 어둑해지는 산길을 간신히 걸어 내려가기 시작했다. 몸이 힘드니 집까지 가는 길이 너무나 멀게 느껴졌다. 이른 아침 올라올 때 안개가 자욱했던 길에 이제는 반딧불이가 반짝반짝 날아다니고 하늘에는 별이 하나둘 돋아나기 시작했다. 하지만 아름답다는 소리가 입 밖으로 나오지 않았다.

"언니, 왜 그려? 어디 아퍼?"

다음 날 아침, 이화중선이 방에서 나오지 않아 깨우러 들어온 이중선에게 이화중선은 대답도 못하고 끙끙 앓았다.

"아이고 열 좀 봐. 언니 병났네. 이를 어쩐대!"

그때 마침 남원 읍내에 살고 있던 이화성이 집에 들렀다.

"화성아. 빨리 장득진 선생님께 갔다 와. 언니가 병이 난 것 같아. 어떻게 치료해야 하는지 선생님은 알고 계실 거여."

이화성은 그 말에 바로 읍내로 내달렸으나 그날 저녁이 다 되어서야 장득진과 함께 돌아왔다. 장득진 손에는 병이 하나 들려 있었다.

"이거 마시면 싹 나을 것이다. 일어나 봐라."

이화중선은 간신히 몸을 일으켜 장득진이 내미는 약물을 받았다.

냄새가 엄청 고약했지만 스승님이 주시는 약이니 차마 거절하지 못했다. 몸에 좋은 약은 입에 쓴 법이라 생각하며 코를 싸잡고 마셨다. 하지만 약물에서 나는 고약한 구린내가 지독해서 코를 쥐어도 삼키기가 무척 역겨웠다. 이화중선은 간신히 약을 다 마신 다음 다시 누워 잠에 빠져들었다. 이중선이 장득진에게 물었다.

"선생님, 이 약 뭐로 만든 거예요? 아이고, 냄새만 맡아도 토할 것 같아요. 으 지독해. 빨리 약병 버려야겠어요."

"지독허냐? 하하하! 똥물이다. 옛날부터 소리 병은 똥물로 치료했느니라. 똥물을 거르고 걸러서 만든 건데 이만한 약이 없다. 두고 봐라. 내일 아침이면 벌떡 일어날 테니."

그렇게 말하고 장득진은 집으로 돌아갔다. 다음날, 이화중선은 정말로 자리를 털고 일어났다. 목도 많이 가라앉아 말소리도 좀 나왔다. 그래도 다 나으려면 많이 쉬어야 했다.

"야! 정말 언니가 일어났네! 언니, 똥물 먹고 다 나은 거여!"

"뭐라고? 내가 똥물을 먹었어?"

이화중선은 토할 것처럼 웩웩거렸다.

며칠 뒤부터 이화중선은 다시 산공부를 시작했다. 그런데 소리가 달라져 있었다. 어려운 소리도 쉽게 솟아나고 쭉쭉 멀리까지 뻗어나갔다. 사람 소리는 물론이고 새소리 물소리 바람 소리, 무슨 소리든 흉내 낼 수 있었다. 깊이를 알 수 없는 용소처럼 소리에 깊이가 생겼고 우렁찬 구룡폭포처럼 소리에 힘이 생겨 아주 멀리서 듣는 사람도 이화중선의 목소리는 딱 알아보게 되었다. 하늘 소리, 땅 소리, 사람 소리가 이화중선의 몸속에 깊이깊이 스며들어 쌓였다. 마침내 그토록 바라던 득음을 한 것이다.

독립 자금

남원 시내는 가는 곳마다 사람들로 붐벼 활기가 넘쳤다. 이른 아침 광한루 바로 옆에 있는 춘향 사당에서는 어린 기생들이 촛불을 켜고 향을 피워 올린 뒤 제사가 시작되었다. 이화중선도 하얀 한복을 입고 맨 앞줄에 서서 절을 했다.

제향이 끝난 뒤 광한루 누각에서는 판소리 명창 대회가 열렸다. 춘향제 명창 대회는 해가 갈수록 인기가 많아졌다. 수만 명의 관중이 광한루 둘레를 에워쌌다. 광한루 가까이에 자리를 못 잡은 사람들은 연못 위 오작교에도 빼곡하게 앉았고 연못 안에 있는 삼신산의 정자며 큰 버드나무 위까지 올라가 목을 뺐다. 그러다 오작교에서 떨어져 잉어랑 헤엄치는 사람들도 더러 있었다.

이번 춘향제에는 특별한 행사가 하나 더 있었다. 광한루 앞 요천 건너 금암봉에 정자를 하나 지었는데 그 낙성식이 열리는 것이다. 명창 대회가 끝나자 최봉선이 이화중선에게 말했다.

"성님, 어서 금수정 낙성식에 갑시다. 소리 한 자락 해 주기로 하셨잖아요?"

"소리를 부탁하길래 그러겠다고 하긴 했지. 그런데 갑자기 금암봉에 왜 정자를 지었다니?"

"일본 놈들이 금암봉 정상을 깎고 거기다 신사◆를 짓고 있거든요. 이현순 선생님이 일본 신사에 우리 남원의 정기를 빼앗기면 안 된다며 사람들을 설득해 돈을 모아 정자를 지으셨어요. 춘향 사당을 지을 때도 가장 앞장섰던 분인 거 아시죠?"

"알다마다. 그분 없었으면 힘들었지. 기백이 넘치시고 대단한 분인데 늘 가난해서 탈이야."

"당신 살림은 돌보지 않고 공익을 위해서만 애쓰시니 그럴 수밖에요."

두 사람은 요천 위에 새로 놓인 승사교를 건너기 시작했다.

"야! 신식 다리가 생겼구나!"

이화중선이 반가워하며 말했다.

"금암봉에 신사를 지어야 하니 공사 트럭이 지나갈 만한 튼튼한 시멘트 다리가 필요했던 거죠."

◆　일본 왕실의 조상과 신이나 공을 세운 사람을 신으로 모신 사당

"그것 참! 철도고 신작로고 다리고 모두 일본 놈들을 위한 것뿐이구나."

이런저런 얘기를 하다가 이화중선이 걸음을 멈추고 최봉선을 보며 물었다.

"그나저나 봉선아, 너 정말 그때 무슨 배짱이 그리 컸니?"

"언제요?"

"춘향 사당 짓는 것도 그렇지만 십 년 전에 창덕궁 전하 승하하셨을 때 남원 권번이 신문에도 났었잖아. 군수가 출장 공연을 하라고 불렀는데도 못 한다고 해서 고발당했었다며?"

"아! 그때 그랬죠. 조선의 마지막 임금님이 돌아가셨는데 어떻게 노래 부르고 춤을 춰요."

"하여튼 너도 기백이 대단하다. 먹고사는 것도 생각해야지."

"덜 입고 덜 먹고 살아도 괜찮아요. 우리 민족의 앞날이 깜깜한데 어떻게 노래가 나와요? 어떻게 춤을 춰요?"

"일본어도 안 쓰고 일본 경찰이나 헌병이 부르면 가지도 않으니 참 대단한 남원 권번이고 훌륭한 동생이다. 경성에서는 생각도 못 할 일이야."

"별말씀을. 그러다가 광한루 경내에서 쫓겨났고 제가 나온 뒤로는 손님도 많이 줄었어요."

어느새 승사교를 다 건너 금암봉에 도착했다. 금암봉은 덕음산에서 뻗어 나온 산줄기의 끝이었다. 소나무가 많은 바위산이 요천에 몸을 풀고 있어 멋들어졌다.

그런데 최봉선 말대로 봉긋이 솟아있던 금암봉 정상은 삭둑 잘려 평평해졌고 일본 신사 건물이 거의 다 지어져 있었다. 그리고 그 아래 조선의 정자가 벼랑에 다리를 걸치듯 세워져 있었다.

"아이고, 금암봉이 어찌 이리… 내가 저기를 얼마나 많이 올라 다녔는데…."

소리를 처음 배울 때 가장 많이 다닌 곳이 바로 금암봉이었다. 권번에서 가깝고 낮은 산봉우리라 날마다 올라가 소리를 할 수 있었다.

"성님, 저쪽으로 가요."

최봉선과 이화중선은 금수정에 올라갔다. 금수정에는 이미 많은 손님이 와 있었다. 이현순, 정광옥, 강봉기를 비롯해 남원 청년회 회원들과 모르는 손님들도 있었다.

두 사람이 정자에 오르니 모두 다 일어서서 두 사람을 반갑게 맞이했다. 남원 권번 대표 기생 조기화가 먼저 두 사람을 맞이했다.

"성님들, 어서 오세요."

이현순도 환하게 웃으며 두 사람을 환영해 주었다.

"어서 오시게. 다들 두 사람을 기다렸다네."

최봉선이 말했다.

"아이고 선생님, 늦어서 죄송합니다. 명창 대회를 마무리하고 오느라 늦었습니다."

"아무렴, 그게 자네들 일 아닌가? 자, 손님들께 인사를 드리시게."

이현순이 차례차례 인사를 시켰다.

"여긴 진주에서 오신 형평사 강상호 대표님일세. 신분타파 운동과 독립운동을 가열하게 진행하셨던 분이지. 그리고 사당에 모신 춘향의 영정을 가져오신 분일세."

"네, 알고 있습니다. 춘향 영정을 그리신 강신호 화백의 형님이시죠? 오랜만에 뵙습니다."

최봉선이 고개 숙여 인사했다. 이화중선도 강상호에게 인사했다.

"최 사장님, 오랜만입니다. 그간 잘 지내셨는지요? 부산관은 잘 되고 있다고 들었습니다. 이화중선 명창님 먼 길 오셨습니다."

강상호 대표의 인사가 끝나자 이현순이 다음 사람을 소개했다.

"이분들은 순천에서 오신 벽소 이영민 선생과 김종익 선생이네."

그러자 이화중선이 화들짝 놀라 말했다.

"어머! 벽소 선생님! 김종익 선생님! 어떻게 남원까지 오셨어요?"

두 사람도 이화중선을 만나자 몹시 반가워했다.

"자네를 남원에서 보니 무척 반갑고만. 남원이 고향이던가?"

"몸이 태어난 고향은 아닌데 제 소리가 태어난 곳이니 고향이나 다름없습니다."

"오, 그렇군. 하여튼 반갑네."

"우리 민족문화를 지키려고 열성을 다하시는 분들이라네. 전부터 알고 지내던 분이라 금수정 낙성식에 초대했네."

이현순이 손님들 소개를 마치고 낙성식을 시작했다. 금수정 앞에는 고사상이 차려져 있었고 여러 사람이 차례대로 절을 하며 남원의 평화와 안녕을 빌었다. 조선과 남원의 정기를 일본 신에게 빼앗기지 않고 잘 지켜나가 끝내 나라를 되찾을 수 있기를 빌고 또 빌며 절을 했다.

금수정 낙성식을 보러 넓은 모래밭과 자갈밭에 사람들이 모여들었다. 고사가 끝나자 축하공연이 이어졌다. 조기화가 사회를 봤다.

"오늘처럼 뜻깊은 금수정 낙성식에 소리와 춤이 빠질 수 없겠지요. 먼저 금암봉과 금수정이 백 년 천 년 남원 사람들과 함께 할 수 있도록 부처님께 기원하는 마음으로 남원 예기 조합 조갑녀가 승무를 추도록 하겠습니다. 모두 큰 박수로 맞아주시기를 바랍니다."

악사들의 연주에 맞춰 하얀 치마저고리에 검은 장삼◆을 걸치고 어깨부터 허리까지 붉은 띠 초록 띠를 엇갈려 맨 소녀가 걸어 나왔다. 피리 소리, 대금 소리, 장구 소리에 맞춰 사뿐사뿐 걸음을 뗄 때마다 하얀 버선발이 치맛자락 아래로 살짝살짝 드러났다. 머리에 푹 눌러 쓴 하얀 고깔에는 붉고 큰 꽃이 수놓아져 있고 고깔 속에는 겉눈을 지그시 아래로 뜨고 입을 무겁게 닫은 하얀 얼굴이 보였다. 담담한 표정으로 검은 장삼을 허공에 뿌렸다 감았다 하는 소녀는 결코 열네 살로 보이지 않았다.

장삼 속 숨겨진 양손에 북채를 잡고 있어 두 팔은 더욱 길어 보였고

◆ 승려가 입는 긴 소매의 겉 옷

하늘로 솟구치듯 장삼을 뿌릴 때마다 제비가 창공에서 날개를 퍼덕이는 것 같았다. 긴 장삼 끝이 금수정 천장 대들보에 그려진 두 마리 용의 배를 간지럽혔다. 뒤꿈치로 꾹꾹 눌러 디디는 발장단은 태극과 팔괘를 그렸고, 무릎을 구부렸다 펼 때마다 파도가 밀려오는 것처럼 장삼이 출렁였다. 조갑녀는 온몸으로 삼라만상을 그려냈다. 씨를 뿌리고 꽃과 열매를 피워내고 벌과 나비가 되어 춤을 추었다. 춤이 절정에 이르자 조갑녀는 장삼을 앞뒤로 엇갈려 휙휙 뿌리며 악사 두 사람이 북을 맞잡고 서 있는 데 다가갔다. 북에 다다르자 드디어 장삼 속에서 북채를 든 하얀 손이 나왔다.

둥 둥 두둥 두둥

북이 울렸다. 하얀 고깔부터 하얀 버선까지 온몸이 출렁거렸다. 검은 장삼은 북소리에 맞춰 너울너울 흔들렸다. 사람들은 모두 넋을 잃고 북소리에 빠져들었다.

따다다다다 따다다다다다다

따닥 따닥 따다다다다다다

하늘과 땅, 동서남북 사방에 있는 모든 만물이 북소리와 하나가 되어 춤을 췄다. 북 연주를 끝내자 조갑녀는 금수정 한 가운데로 다시 춤을 추며 걸어 나와 한쪽 무릎을 세우고 몸을 깊숙이 구부려 절을 했다. 사람들이 우렁차게 함성을 지르며 뜨겁게 박수를 쳤다.

"역시 하늘이 낸 춤꾼이여!"

"어찌 열네 살 어린 기생이 저런 춤을 출 수 있단 말인가?"

"인생을 많이 산 사람이 추는 춤 같구먼."

사람들의 찬사가 끝이 없었다. 사람들 소리가 잠잠해지자 조기화가 다음 공연자를 소개했다.

"오늘 이 자리에 조선 최고의 명창이 와 계십니다. 남원 권번 출신이시고, 소리 보살이라 불리는 이화중선 명창이십니다. 뜨거운 박수로 맞아 주시기 바랍니다."

이화중선이 왔다는 소리에 금암봉과 요천에 있던 사람들이 더 크게 함성을 지르며 손뼉을 쳤다. 박수 소리는 오래오래 이어졌다.

"안녕하세요? 이화중선입니다. 오랜만에 남원에 왔습니다. 금수정 낙성식을 감축드립니다. 금수정이 천년만년 오래오래 이 자리에서 남원을 지켜보길 바랍니다. 낙성식이니 성주풀이를 불러드리도록 하겠습니다."

장고를 시작으로 악사들이 굿거리장단을 연주하기 시작했다. 성주풀이 노랫소리가 금암봉과 요천에 널리 널리 퍼져나갔다. 금수정을 지은 이유를 알지 못하는 사람들도 노랫소리에 그저 흥겨워 덩실덩실 춤을 추었다.

이화중선은 어릴 적 날마다 올라와서 소리 공부를 하던 금암봉, 그 중턱에 지어진 금수정에서 소리를 하니 감개무량했다. 소리를 끝내고 교룡산과 눈을 마주하며 부채를 쫙 펼쳤다. 요천을 가득 메운 사람들 속에서 폭포수처럼 박수 소리가 터져 나왔다. 이화중선은 부채를 접고 깊이 허리 숙여 인사를 했다. 다른 지역보다 고향이나 다름

에라 만수 에라 대신이야
대활령으로 설설이 나리소서.
에라만수야 에라 대신이로구나.
놀고 놀고 놀아봅시다.
아니 노지는 못 하리라.

낙양성 십리하에 높고 낮은 저 무덤은
영웅호걸이 몇몇이며 절대가인이 그 뉘기며
운하춘풍은 미백년 소년행락이 편시춘
아니 놀고 무엇하리.

없는 남원에서 박수를 받으니 훨씬 마음이 벅찼다.

낙성식이 끝나고 최봉선이 운영하는 부산관에 몇 사람이 모여 앉았다. 헌데 모인 사람들 사이에 긴장감이 살짝 돌았다. 이화중선이 조심스럽게 입을 열었다.

"선생님들, 무슨 일 있으십니까?"

"음, 어려운 일이 하나 있네."

이현순이 대답을 했다.

"무슨 일이신데요?"

이번엔 이영민이 아주 은밀한 목소리로 입을 열었다.

"사실은 중국 용정에 독립 자금을 전달해야 하네. 그런데 경비가 삼엄해 전달할 방법이 없어서 걱정이라네."

눈을 지그시 감고 있던 강상호가 무겁게 말을 꺼냈다.

"그동안 여러 방법을 시도해 보았지만 모두 들키고 말아서 귀한 돈만 일본 놈들한테 빼앗기고 말았습니다. 그래서 말입니다, 논의 끝에 이화중선 명창께 한번 꼭 좀 부탁드리고 싶습니다."

"네? 저한테요?"

"그렇습니다. 이화중선 님은 대동가극단을 꾸려 전국에 공연하러 다니시니, 어디를 가든 의심받지 않는 분이 아닙니까? 통행증도 쉽게 받고 검문도 까다롭게 하지 않을 겁니다."

"그건 그렇지요. 함경도, 평안도 안 가본 데가 없습니다. 그러고 보면 재작년에 청진에서 공연을 했는데, 거기가 용정하고 가까웠어요."

"바로 그겁니다. 그래서 명창님께 부탁드리는 겁니다. 우리 중에 청진까지 가 본 사람은 아무도 없습니다."

"하지만 만에 하나 걸리면 저뿐 아니라 우리 대동가극단 모두가 잡혀 죽을 수도 있습니다. 이건 간단한 문제가 아닙니다."

"저희도 알고 있습니다. 그래서 이렇게 어렵게 부탁드리는 겁니다. 독립군을 강고하게 키워야 나라를 되찾을 수 있지 않겠습니까? 멀리 남의 나라에서 애쓰고 있는 독립군을 위해 우리가 가만있으면 되겠습니까?"

강상호의 힘 있는 목소리에 이화중선이 진지하게 귀 기울였다.

"그동안 여러 단체가 독립 자금을 모아왔습니다. 신간회, 형평사, 청년회, 노동단체와 권번에서도 모았습니다. 그리고 그 돈으로 이렇게 금괴를 샀습니다."

김종익이 가방에서 손바닥만한 금괴 두 개를 꺼냈다. 번쩍이는 황금 덩어리들을 본 이화중선은 깜짝 놀랐다.

"세상에, 금괴군요! 이걸 만주까지 가지고 가라는 말씀입니까?"

"북간도 용정까지만 가면 됩니다. 조선에서 넘어오는 독립 자금을 임시정부에 전달하는 사람이 용정에 있어요."

"용정이라… 기차를 타고 회령까지 가서 두만강을 넘으면 되겠군요."

이화중선은 난처한 표정으로 혼자 중얼거렸다. 짧은 침묵에 이어 이화중선이 결연한 목소리로 말했다.

"좋습니다. 제가 가겠습니다."

"아, 정말 고맙습니다. 그렇게 해주실 줄 믿고 있었습니다. 대동가 극단의 모든 경비는 제가 부담하겠습니다."

김종익이 기뻐하며 말했다.

큰 결심을 한 이화중선의 마음은 무겁기만 했다. 북간도에서 고생하는 독립군과 조선 사람들을 생각하면 무슨 일이 있어도 이 금괴를 가지고 가야 하지만, 자칫 잘못해서 들키면 그때는 자기 한목숨이 아니라 극단의 모두가 죽을 수도 있었다. 무거운 금덩이보다 10배는 더 무거운 부담감이 가슴을 짓눌렀다. 그러나 결심이 흔들리지는 않았다. 나라를 되찾는 일에 조금이라도 보탬이 되는 일이니 흔들릴 수 없었다.

흥겹게 보낸 하루였으나 그 끝은 참으로 무겁게 마무리되고 있었다. 춘향제가 끝나고 다시 조용해진 남원 거리에는 부슬부슬 봄비가 내리기 시작했다. 본정통◆ 거리에 걸려 있는 일장기들이 비를 맞아 축축 늘어졌다.

◆   일제 강점기 도시의 중심가 거리를 이르는 말.

길고 긴 기차 여행

"누이! 큰일 날 일이요! 정말 우리 다 죽이고 싶소?"

이화성이 금괴를 보며 펄쩍 뛰었다.

"나도 안다. 자칫 잘못하면 우리 다 죽는 거. 하지만 우리밖에 이걸 전달할 사람이 없어. 너도 돌아가는 사정 다 알잖아."

"그래도 이건 너무 엄청난 일이오. 그렇게 위험한 일을 왜 하필 우리가 해야 하오? 다른 사람들도 많잖우."

이화성이 아예 등을 돌리고 앉아 버렸다. 그러자 이화중선이 목소리를 낮게 깔고 무겁게 입을 열었다.

"너는 네 자식들이 이대로 영원히 식민지 땅에서 일본 사람들에게 굽신거리며 살기를 바라는 거냐? 편하게 먹고사니까 독립 같은 거는 잊어버리고 사는 거냐?"

"아니, 우리도 동포들을 위해서 좋은 일 많이 하지 않소? 맨날 위문 공연 다니고, 번 돈을 누구보다 많이 동포들 돕느라 내놓고. 이 정도만 해도 독립운동이요! 오죽하면 사람들이 누이를 소리 보살이라고 하겠수? 누이, 제발 이번만은 제 말 좀 들으시오."

이화성이 누이의 손을 잡고 사정을 했다. 하지만 이화중선은 조금도 뜻을 굽히지 않았다.

"지금 만주 벌판에서, 중국 본토에서, 미국과 시베리아 벌판에서도 고생하는 동포들이 얼마나 많은데. 그 사람들에게 이 금괴는 피 같은 거야. 우리는 아니더라도 우리 자식들은 독립된 나라에서 살 수 있게 해야 하잖아. 화성아, 걱정 마. 절대 들키지 않게 가지고 갈 좋은 생각이 있어."

이렇게까지 말하자 이화성이 조금 누그러진 목소리로 말했다.

"좋은 생각이라니 우선 들어나 봅시다. 만약 계획이 허술하면 저는 결코 안 따라갈 겁니다."

이화중선이 자신 있는 표정으로 웃으며 방 한쪽에 있는 소리북을 끌어 가운데로 가지고 왔다.

"이 북에 금괴를 넣어서 가는 거야."

"뭐라고요? 북 안에요? 북 안에 넣으면 걸을 때마다 소리가 나니 금방 들키죠."

"내가 그걸 생각 못했겠니? 금괴를 얇은 끈으로 묶어서 북 안쪽 네 곳에 작은 못을 박아 팽팽하게 고정하는 거야. 금괴가 북 한 가운데

딱 떠 있도록 말이지. 끈을 위아래 양옆에 이렇게 매단다는 말이야.
알겠니?"

이화중선은 종이에 그림까지 그리며 설명했다.

"그렇게 하면 전혀 흔들리지도 않고 아무 티도 안 나니 들킬 염려
는 없긴 없겠소만."

그림을 보자 이화성이 목소리를 가라앉혔다.

"그래 절대 들키지 않아. 북소리도 별 차이 없을 거야. 그러니 걱정
말고 우리 해 보자."

눈을 반짝이며 들이대는 누이를 보며 이화성은 결국 마지못해 고
개를 끄덕였다.

"그럼 북을 두 개나 가지고 가야 하잖소? 북 하나에 하나씩밖에 못
넣으니. 다른 단원들에게는 비밀로 해야 할 텐데 북을 두 개나 가지
고 간다면 이상하게 생각하지 않을까?"

"걱정하지 마, 그에 대한 대책도 생각해 낼 거야."

"알았소. 누이만 믿소."

남원에 다녀온 뒤로 이화중선의 몸에 은근히 힘이 솟았다. 독립을
위한 매우 중요한 일을 맡은 이상 더 이상 동생과 가극단 재산을 잃
은 슬픔에만 빠져있을 수가 없었다. 누구랑 갈 것인가? 언제 갈 것인
가? 그 먼 곳까지 왜 또 간다고 할 것인가?

권번에 허락도 받아야 했고 검문에 걸렸을 때 대답할 확실한 근거
가 필요했다. 무엇보다 날이 추워지기 전에 가야 했다. 용정은 함경

도보다도 훨씬 북쪽에 있어서 10월만 돼도 몹시 추운 곳이다. 반드시 가을이 되기 전에 출발해야 했다.

한낮의 뜨거운 뙤약볕에 우물가에 피어 있는 봉숭아 잎이 축 늘어졌다. 감나무에 달린 초록색 땡감들이 주먹만 해졌다. 이화중선이 드디어 전화를 돌렸다.

"여보세요?"

"화영이구나. 나다 화중선."

청진 권번에서 소리를 가르치는 심화영이었다.

"어머! 선생님! 어떻게 지내셨어요? 여러모로 많이 힘드셨죠?"

"세상 인연이 다 그런 걸 어쩌겠냐? 이제 중선이도 하늘에서 편히 살 겠지."

"그러시겠죠. 그때 청진에 다녀가신 뒤로 아프다는 소식 듣고 얼마나 마음이 무거웠나 몰라요. 괜히 여기까지 오시라고 해서."

"아니다. 너 때문이 아니야. 다른 건 몰라도 사람 목숨은 하늘에 달려 있다는 걸 믿는다. 그나저나 권번은 여전히 잘 되고 있지?"

"예, 청진이야 워낙 돈이 많이 흐르는 항구 도시라 권번도 늘 바빠요. 작은 어촌 마을이 개항 이후에 함경도에서 가장 큰 도시가 됐으니 북쪽 사람들은 돈 벌러 다 여기로 오고 있어요."

"그래서 말인데, 우리 대동가극단이 지금 형편이 좀 안 좋아. 작년에 논산극장에서 재산 다 태워 먹은 거 알지?"

"네, 신문에 난 거 보고 엄청 놀랐어요. 동생 잃으신 뒤 얼마 있다가 또 그런 변을 당하셨으니 얼마나 상심이 크셨어요?"

"그래, 많이 힘들었지. 올해 간신히 다시 일어서긴 했는데 극단 운영이 쉽지 않구나."

"아이고 이런, 그러셨군요. 그런 줄도 모르고 연락 한 번 못 드렸네요. 제가 뭐 도와드릴 일 없을까요?"

심화영이 먼저 도와주겠다고 하니 이화중선은 못 이기는 척하고 말을 꺼냈다.

"네가 먼저 그렇게 말하니 내 입이 쉽게 떨어지는구나. 청진에 가서 돈을 좀 벌어야겠다. 청진 권번에 우리 좀 초대해 줄 수 없겠니?"

"선생님이 오신다면 저희가 영광이죠. 선생님이 어떤 분인데요? 오시겠다고만 하면 공연비를 최고로 대우해서 초대할게요. 그리고 청진 극장에서도 공연할 수 있도록 주선해 드릴 테니 꼭 오세요."

"극장 공연까지? 그럼 몇 명 더 데리고 가야겠구나."

"형편 되는 대로 오세요. 이화중선 명창이 청진에 또 왔다고 하면 아마 청진 극장이 미어터질 거예요."

"그럼 우리 대동가극단에 공식 초대장을 보내주렴. 그래야 통행증 받기도 쉽고 검문에 걸렸을 때 쉽게 통과될 테니 말이야."

"네 알겠어요. 오늘 바로 초대장 만들어서 우편으로 보내겠습니다. 선생님을 다시 뵙게 된다니 저도 기뻐요."

심화영과 전화를 끊고 나니 이화중선의 마음이 한결 편해졌다. 이렇게 청진까지만 가면 거기서부터 용정까지는 가깝다. 그리고 청진에서 용정까지 가는 것은 심화영과 상의하면 분명히 방법을 찾아 줄 것이다. 이화학당 학생 시절 순종 임금이 승하하셨을 때 6·10 만세 운동에도 가담했던 심화영은 누구보다 믿음직스러웠다.

추석이 지나고 며칠 뒤, 이화중선, 이화성, 임방울, 강남중 그리고 임종원 단장이 이화중선의 방안에 모여 앉았다.

"아따, 그 먼 데를 언제 간대요?"

"그러게 말이오, 청진이면 한반도의 거의 최북단 아니오?"

임방울과 강남중이 멀다고 툴툴거리자 임 단장이 한마디 했다.

"그래도 거기 가면 큰돈을 벌어 올 수 있으니 불러줘서 얼마나 다행인가? 화중선 선생님 덕분에 우리 극단 살림을 다시 장만할 수 있게 되나 봅니다."

"가 봐야지요. 얼마나 돈을 벌 수 있을지는. 지난번에는 삼남 지역 수재민 구제 공연이라 사람이 많이 왔는데 이번에는 일반 공연이니 얼마나 많이 올까 걱정도 됩니다."

"아이고 걱정도 팔자요. 조선 최고 인기 명창 이화중선, 임방울이 뜨는데 청진 사람들이 가만있겠소? 입장료가 아무리 비싸도 극장이 꽉 꽉 들어찰 것입니다. 내 장담하오!"

단원들은 청진에 가서 돈을 잔뜩 벌어 올 생각에 신이 나서 어깨를 들썩거렸다. 달이 뜨자 가을 밤 국화 향은 더욱 그윽해졌다.

경성역 꼭대기에 박혀 있는 크고 둥근 시계가 오전 9시를 가리키고 있었다. 경성역 광장은 크고 작은 짐을 이고 지고 종종거리는 사람들로 바글바글했다. 남쪽으로는 충청도, 전라도 경상도 끝까지 갈 수 있고 북쪽으로는 한반도를 넘어 중국과 유럽까지 갈 수 있도록 기찻길이 촘촘하게 깔린 뒤로 경성역은 늘 많은 사람으로 붐볐다. 이화중선 일행은 커다란 짐 보따리를 짊어진 사람들 틈을 헤치고 기차가 떠나기 바로 전 간신히 기차에 올라탔다.

"아이고! 사람들도 많다!"

이화성이 숨을 고르며 말했다.

"그러게 말이여. 경성역은 올 때마다 이렇게 사람이 많아."

"일본 놈들이 한반도 구석구석까지 기찻길로 도배를 해 놓고 유럽까지 갈 수 있게 만들었으니 오죽하겠는가?"

"그러게 말입니다. 그 기찻길로 얼마나 많은 조선의 물자를 빼앗아 가는지 셀 수가 없다지요?"

갑자기 기적 소리가 크게 울렸다. 위아래로 하얀 증기를 뿜어내며 시커먼 무쇠 덩어리가 고막이 찢어질 듯 시끄러운 쇳소리를 내며 천천히 출발했다. 경성에서 원산까지 7시간, 원산에서 함흥까지 3시간, 함흥에서 다시 청진까지 6시간이 걸리는 길고 긴 여행길이었다. 기차 안에는 금강산으로 수학여행을 가는 학생들이 가득했다. 교복을 입은 학생들은 삶은 달걀과 군밤을 까먹으며 신나게 웃고 떠들었다. 검은색 교복 때문에 까마귀 떼가 앉아 떠드는 것 같았다.

경성을 벗어나 경기도를 가로지르며 한반도 허리를 타고 올라갈수록 가을색은 짙어졌다. 북쪽으로 갈수록 들판의 벼는 더 누렇게 익어 갔고 은행나무들은 더 노랗게 물들어 가고 있었다. 한강과 임진강 강가의 키 큰 갈대들은 휘청휘청 흔들렸고 가을빛으로 물들어 가는 산 아래 언덕에는 억새꽃이 하얀 목화솜처럼 피어나고 있었다. 파란 하늘 아래 가을을 맞이하는 조선의 산하는 눈부시게 아름다웠다.

가끔 헌병들이 지나다니며 수상한 사람은 없는지 확인했지만 다행히 짐을 하나하나 뒤지지는 않았다. 포천과 철원을 지나 세포역에 이르자 장엄한 산맥이 나타났다. 백두산에서 뻗어 내리기 시작해 지리산까지 끊어지지 않고 이어지는 백두대간이었다.

"와! 저 산 좀 보소! 금강산이나 다름없네. 벌써 물이 많이 들었구먼요."

임방울이 감탄했다.

"저 기기묘묘한 산봉우리! 아랫녘 산하고는 차원이 다르오."

"저건 임암산일세. 임암산도 저렇게 멋지니 금강산은 오죽하겠는가? 단풍물이 다 들면 정말 장관일 걸세."

재작년 여름에 이중선과 청진에 다녀왔던 이화중선이 말했다. 구름 한 점 없어 새파란 하늘 아래 불쑥불쑥 솟아서 물들고 있는 산봉우리들이 기차역 양쪽으로 끝없이 팔을 뻗고 있었다.

기차는 시커먼 연기를 콸콸콸콸 뿜어내며 시끄럽게 달렸다. 산을 많이 지나가야 하니 깜깜한 터널도 자주 지나갔다. 볼품없는 집들이 모여 있는 작은 마을들이 획획 지나갔다. 수확을 마친 들판에는 까마귀들이 새까맣게 앉아 있었다. 가난한 아이들이 꼼꼼히 훑어간 논바닥에 까마귀들이 먹을 낟알이 남아 있을 리 없었다. 배고픈 사람들의 땅 한반도에서는 동물들도 새들도 배가 고팠다.

기차를 탄 지 7시간이 지나자 원산역에 도착했다. 금강산을 보러 가는 학생들이 모두 원산역에서 내렸다. 원산에서 동해안을 타고 내려가는 기차로 갈아타야 금강산이 있는 고성까지 갈 수 있기 때문이다. 기차는 원산에서 증기기관차에 물을 넣기 위해 한참을 쉬었다. 원통 모양의 거대한 급수탑에서 물을 빼 기관차에 넣는 동안 새로운 승객들이 줄지어 올라탔다. 커다란 짐 보따리를 하나씩 짊어진 가족들이었다. 총을 든 일본 군인들이 사람들을 통제하면서 기차에 올라타게 했다. 어린아이들을 서너 명씩 데리고 기차에 타는 사람들이 많았다.

일본이 만주를 빼앗아 세운 꼭두각시 국가인 만주국을 개척하기 위해 강제로 동원된 사람들이었다. 가난한 농민들을 속여 마을 주민들을 통째로 데리고 가는 식이었다. 기차를 처음 타는 아이들은 두리번두리번하며 부모의 손을 잡고 통로를 멈칫멈칫 걸어 다녔다. 모두 비쩍 마르고 입은 것도 초라하기 그지없었다.

한 가족이 이화중선 일행의 통로 옆자리에 앉았다. 아이들을 자리에 앉힌 뒤 아버지가 짐 보따리를 짐칸에 간신히 다 올리고 큰 숨을 내쉬며 자리에 앉았다. 어머니가 아이들에게 말했다.

"이제 푹 자거라. 오래오래 가야 한다."

그러자 큰아이가 말했다.

"어머니, 이제 우리 고향 떠나면 언제 다시 돌아와요?"

"글쎄다. 언제 다시 오려나?"

어머니는 대답하지 못했다. 그러자 아버지가 말했다.

"너희들이 크면 다시 올 게다. 돈 많이 벌어서 꼭 고향에 돌아오도록 하자."

아이들은 그렇게 말하는 아버지 말에 얼굴이 밝아졌다. 몇 정거장 지난 뒤 어린아이가 어머니를 보고 칭얼거렸다.

"엄마, 배고파."

"조금만 참고 어서 자. 기차 도착하면 국밥 사줄게. 지금은 먹을 게 없단다. 시골에서 걸어오면서 다 먹었잖아."

"힝, 배고파서 잠이 안 와."

어린아이가 계속 칭얼댔다. 그 소리를 듣고 이화중선이 가방을 열었다. 먼 길 갈 때마다 가지고 다니는 누룽지가 있었다.

"아가, 이거 먹으렴. 누룽지란다."

아이는 낯선 아줌마가 내미는 누룽지를 선뜻 받지 못하고 눈을 동그랗게 뜨고 쳐다만 봤다.

"아이고, 그쪽이 드실 걸 저희 애한테 주시면 어떻게 해요? 괜찮습니다. 좀 참으면 됩니다."

"괜찮습니다. 저는 좀 전에 먹었습니다. 아이들이 배고프다는데 먹을 게 있으면서도 가만히 있을 어른이 어디 있겠습니까? 어서 받으세요."

어머니는 깊이 고개를 숙이며 누룽지를 받아 들었고 아이들 얼굴에는 환한 웃음이 퍼졌다. 아이들은 누룽지를 받아 들고 사이좋게 나눠 먹었다. 어머니 아버지 입에도 누룽지를 잘라 넣어줬다. 그런 모습을 보니 이화중선의 마음이 포근해졌다.

결혼은 했지만 자식이 없는 이화중선은 저렇게 한 가족이 함께 모여 있는 것만 봐도 부러웠다. 어려서부터 한 번도 온 가족이 모여서 살아본 적이 전혀 없었다. 결혼은 했지만 남편하고도 오래 살지 못해서 가슴 한구석에서는 늘 쓸쓸한 바람이 불었다. 자식이라도 하나 있었으면…. 이화중선은 가방을 뒤져 얼마 전에 사 둔 눈깔사탕 봉지도 꺼내 아이들에게 주었다. 아이들의 눈빛이 더 초롱초롱해졌다.

'부디 이 아이들이 조선 땅에 다시 돌아올 수 있어야 할 텐데….'

만주에 가면 조선하고는 비교도 안 되는 추위를 온몸으로 막으며 살아야 한다. 당장 먹을 것도 없고 집도 없다. 만주 사람들의 집에서 헛간이라도 얻어 살 수 있으면 무척 운이 좋은 것이다. 대부분 땅을 파고 거적을 덮은 토막집을 짓고 살면서 아무것도 없는 메마른 땅을 개간해야 한다. 씨앗을 뿌리고 가꾼 곡식이 나오기까지 1년 안에 많

은 사람들이 얼어 죽고 굶어 죽었다. 이런 상황을 전혀 모른 채 사람
들은 기차에 몸을 싣고 있었다.

원산에서 기차가 출발하자 헌병들이 검문을 시작했다. 승차표뿐만
아니라 짐을 모두 열어서 보여 줘야 했다. 만주로 가는 독립운동가들
이 많기 때문에 북쪽으로 가는 기차는 검문을 철저히 했다. 이화중선
과 이화성은 긴장했다. 계획했던 대로 북에 금괴를 감쪽같이 숨겨왔
지만 그래도 걱정이 되었다. 북이 왜 이리 무겁냐며 의심할 수도 있
기 때문이다.

금괴를 숨겨 온 줄 모르는 다른 단원들은 아무 거리낌 없이 짐을 열
어 보여줬다. 그게 오히려 다행이었다. 이화성은 북을 싼 보자기를
열어 보였고, 이화중선도 가방을 열어 보여줬다. 북이 두 개인 것을

보고 헌병이 말했다.

"단원들이 네 명밖에 안 되는데 왜 북이 두 개나 되지?"

"하나는 청진 권번에 선물로 주려고 가져가는 것입니다. 좋은 가죽으로 새로 만들어서 소리가 아주 좋은 북이거든요."

이화성이 태연하게 말하자 헌병은 아무 의심 없이 그냥 지나갔다. 이화중선과 이화성은 속으로 안도의 숨을 몰아쉬었다. 그런 검문은 함흥, 신포, 단천 같은 큰 도시에서 기차가 쉴 때마다 있었다. 두 사람은 가슴을 졸이느라 그 긴 시간 동안 맘 편히 잠도 잘 수가 없었다.

기차는 동해안에 바짝 붙어서 달렸다. 한반도의 목덜미에 해당하는 북쪽 동해안은 바다와 하늘이 모두 새파랗고 투명했다. 어디까지가 바다고 어디부터가 하늘인지 분간이 안 될 정도였다.

"이야! 역시 동해바다야!"

이번에도 임방울이 가장 먼저 탄성을 질렀다.

"오랜만에 경성을 떠나서 이렇게 너른 바다를 보니 속이 탁 트이는 것 같구먼."

임 단장도 바다에 눈을 떼지 못하고 말했다. 기암절벽에 철썩철썩 부딪히며 하얀 물거품을 쏟아내는 파도 위로 갈매기들이 날아다녔다. 이화중선은 하늘과 바다를 자유롭게 날아다니는 갈매기들을 보며 즐거워하던 동생 중선이가 떠올랐다. 아무리 거센 바람 속에서도 끄떡없는 갈매기들이 신기하다며 창문에 얼굴을 붙이던 중선이, 지금쯤 갈매기처럼 다른 세상에서 행복하게 훨훨 날며 살고 있을까?

"아니 저기 저건 양 떼 아닙니까? 엄청나게 많은 양 떼들입니다! 우리 조선 땅에 양들이 저렇게 많았나요?"

임방울이 너른 풀밭에 몰려다니는 양 떼들을 보고 놀라 소리쳤다.

"총독부가 '남면북양 정책'하는 거 모르는가? 북쪽에서는 양을 키워 양모를 생산하고 남쪽에서는 목화를 심어 면화를 생산해 다 일본으로 가져가고 있지 않나? 저 양들은 몇 년 전에 호주에서 2천 마리를 사 와서 키우고 있는 거라고 하더군."

"와! 2천 마리를 사 와서 키우는 거라고요? 양털이 북슬북슬한 게 엄청 따뜻하겠죠? 헌데 그걸 우리 동포들은 키우기만 하고 양모로 만든 옷은 구경도 못할 거 아닙니까? 이런 나쁜 놈들!"

임 단장의 설명에 강남중이 화가 난 목소리로 말했다.

"조용히 하게. 양모뿐인가? 목화도 마찬가질세. 그렇게 고생해 가며 심고 가꾸고 실을 만들어 내도 우리 동포들은 따뜻한 면 옷 한 벌 얻어 입지 못하는 실정이지."

임 단장의 말에 임방울도 한숨을 쉬며 소리 낮춰 한탄했다.

"아이고 죽일 놈들! 뼛골 빠지게 일만 하는 우리 동포들, 아이고 서러운 식민지 현실이여!"

바닷가 가까이 너른 풀밭에 구름같이 몰려다니는 양 떼들은 한 폭의 그림 같았지만 그 속내는 어둡기만 했다.

새파란 하늘에서 쏟아지는 맑은 햇살이 검푸른 바닷물에 닿아 한없이 반짝거렸다. 금괴 때문에 긴장을 놓지 못하던 이화중선의 눈꺼

풀이 무거워졌다. 흔들리는 기차 안에서 반짝이는 윤슬◆을 보니 눈은 점점 감기고 이화중선은 꿈속으로 깊이깊이 빠져들어 갔다. 꿈에서 이중선은 춘향이고 이화중선은 이몽룡이 되어 손잡고 사랑가를 불렀다. 창틀에 머리를 기댄 채 이화중선이 사랑가를 웅얼거렸다.

"하하하 누이, 잠꼬대로 사랑가를 하시오? 누가 명창 아니랄까 봐 잠꼬대도 판소리네. 하하하!"

"그러게 말일세. 누이, 그만 일어나시오. 청진 다 와 갑니다."

이화성이 깨우는 소리에 이화중선이 눈을 떴다.

"어? 내가 잤어?"

"자기만 해요? 침도 흘리고 잠꼬대로 사랑가도 부르던걸요? 그래 꿈속에서는 누가 이 도령이었소?"

임방울이 놀리듯이 말했다. 이화중선이 입을 닦으며 겸연쩍게 말했다.

"누구긴 누구여? 내가 이 도령이었지."

"에이? 꿈속에서도 누이가 이 도령이면 재미없지. 그럼 춘향이는 누구였소?"

그러자 이화중선 얼굴이 갑자기 어두워졌다. 하지만 이내 얼굴을 펴며 말했다.

"아주 이쁜 각시가 춘향이였지. 선녀 같더구나."

◆　물결에 빛이 비치어 반짝이는 모양

"하하하, 꿈에서는 누이가 진짜 남자였나 봅니다. 하하하."

이화성과 임방울 두 동생의 우스갯소리에 이화중선은 기분 좋게 잠이 깼다.

"이제 내릴 준비 합시다. 빠뜨리는 것 없이 잘 챙기세요."

청진항은 군산항처럼 배도 많고 사람도 많고 큰 건물들도 많았다. 청진 권번도 규모가 매우 컸다.

"어서 오세요."

"먼 길 오시느라 고생이 많으셨습니다."

청진 권번에서 소리 선생을 하고 있는 심화영과 악기 선생을 하고 있는 심재덕이 이화중선 일행을 반갑게 맞아주었다.

"그동안 잘 계셨지요?"

"초대해 주셔서 고맙습니다."

임종원 단장이 인사를 하며 말했다.

"다들 반갑습니다. 먼 길 오셨으니 오늘은 푹 쉬시고 내일 소리청을 차리겠습니다. 손님들은 초대해 놓았습니다. 다들 이화중선 명창님과 임방울 명창님이 오신다니까 얼마나 반가워하던지요. 권번 마당이 미어터질 것입니다."

"그리 반가워해 주신다니 다행이군요. 내일 결판지게 놀아드리겠습니다."

임방울이 기분 좋게 말했다. 청진이 이번 여행의 종착지가 아니라는 것을 모르는 사람들은 아주 편안하게 웃고 떠들며 방으로 들어갔다.

사흘 동안 권번과 청진 극장에서 대동가극단의 판소리 공연이 이어졌다. 이화중선과 임방울을 보러 청진 바닥의 조선인뿐만 아니라 일본인과 중국인까지 날마다 모여들었다. 임종원 단장은 얼굴에 싱글벙글 웃음이 떠나질 않았다. 고수로 따라온 강남중과 이화성도 신이 나서 북을 쳤다.

공연이 모두 끝난 날, 가극단 단원들과 심화영, 심재덕 남매가 모두 한자리에 모여 저녁 식사를 했다. 임종원 단장이 입을 열었다.

"두 분 덕분에 저희 대동가극단이 다시 살아났습니다. 이 은혜를 어떻게 갚아야 할지 모르겠습니다. 이번 공연 수입으로 논산에서 날린 재산을 모두 다시 살 수 있을 것 같습니다. 내일이면 떠나야 하니 벌써 서운합니다. 하하하."

"다행입니다. 저희는 자리만 마련했을 뿐인데요 뭐. 단원분들 실력이 워낙 출중하시고 두 명창의 인기야 전 조선이 다 알아주는 것이니 덕분에 저희 권번도 위상이 높아진 것 같습니다."

심재덕의 말이 끝나고 나자 이화중선이 무겁게 입을 열었다.

"내일 우리는 안 떠납니다. 여러분께 드릴 말씀이 있습니다."

모두 심각하게 말을 하는 이화중선을 쳐다봤다.

"사실 이번 여행의 최종 목적지는 청진이 아닙니다."

"네? 그럼 어디란 말입니까?"

임 단장이 의아한 듯 물었다.

"용정입니다."

"네? 용정이요? 거기에도 공연하러 가야 합니까?"

"아닙니다. 용정엔 특별한 임무를 수행하러 갑니다."

"특별한 임무라니요? 그게 무슨 말씀입니까?"

이화중선은 조금 뜸을 들이다 다시 말을 꺼냈다. 이번엔 더욱 낮은 목소리였다.

"독립 자금을 전하러 갑니다. 지난봄에 남원에서 받아 온 금괴 두 개가 북 안에 들어 있습니다. 저 금괴를 용정까지 전해달라는 부탁을 받았습니다. 사실은 그래서 여기까지 온 것입니다."

다들 크게 놀랐지만, 뭐라 소리를 내는 사람은 없었다. 너무 엄청난 일이라 밖에서 누가 들을까 봐 입을 막고 듣기만 했다. 얼마 뒤 임방울은 가만히 있지 못하고 낮은 목소리로 화를 냈다.

"아니, 누이! 들키면 우리 다 죽는 거 몰라서 이러신 겁니까?"

"선생님! 이건 선생님만의 일이 아닙니다. 우리 가극단 전체가 문을 닫을 수가 있는 일이에요! 어떻게 한 마디 상의도 없이 이러셨습니까?"

임종원 단장도 심각하게 말했다.

"상의하지 않고 일을 저질러 죄송하게 생각합니다. 하지만 어쩔 수 없었습니다. 저와 화성이 둘만 오기에는 모양새가 이상하기도 하고 지난번 화재로 날려버린 우리 극단 자금도 확보해야 했습니다. 지금까지 무사히 왔으니 이제부터는 저와 화성이가 알아서 하겠습니다."

단원들의 이야기를 듣던 심화영과 심재덕이 끼어들었다.

"지금까지 아주 잘 오셨습니다. 앞으로는 걱정하지 마십시오. 사실은 우리 권번이 독립 자금 경유지나 다름없습니다. 용정까지는 제가 모시겠습니다."

"용정까지 왔다 갔다 하려면 며칠 걸릴 텐데 그동안 권번 수업은 어떻게 하시려고요?"

이화중선이 걱정하자 심재덕이 웃으며 말했다.

"이렇게 큰 청진 권번에 악기 선생이 저뿐이겠습니까? 걱정하지 마십시오. 저랑 화성이가 북을 하나씩 메고 가도록 하겠습니다."

"그게 좋겠네요. 그럼 나머지 분들은 그동안 고생하셨으니 청진 구경도 하고 편히 쉬고 계세요."

그러자 강남중이 불쑥 나섰다.

"아닙니다. 저도 가겠습니다. 기차에 두 명씩 앉으니 네 명이 좋습니다. 다른 사람이 함께 앉으면 몹시 불편할 겁니다. 더군다나 우리 민족을 위한 일인데 제가 빠질 수 없습니다."

"위험한 일인데 괜찮겠는가?"

"세 분도 하는데 저라고 못하겠습니까?"

강남중이 기어이 같이 가겠다고 고집을 부려 결국 네 명이 가기로 했다.

"임 단장하고 임방울은 혹시 우리가 잘못되더라도 가극단을 잘 지켜야 하니 절대 따라오면 안 되네. 아시겠는가?"

"예, 알겠습니다. 대동가극단은 어떻게 해서든 지켜나갈 테니 걱정 말고 무사히 다녀오시오."

이화중선의 말에 임종원과 임방울이 힘주어 대답했다.

"여기서 용정까지 가는 방법은 두 가지가 있습니다. 첫 번째 방법은 기차를 타고 회령까지 가서 거기서 두만강을 건너는 것입니다. 하지만 오랑캐령이 험준하고, 도적 떼를 만날 수도 있습니다. 게다가 배를 탈 때 검문도 매우 삼엄해서 위험합니다. 두 번째 방법은 회령보다 훨씬 위쪽인 종성역까지 기차를 타고 가서 두만강을 건너는 것입니다. 거기서 용정이 더 가깝고 검문도 덜 합니다."

심재덕의 자세한 설명에 이화중선은 안심이 되어 고개를 끄덕였다. 용정까지 가는 계획을 다 짜고 나니 밤이 깊었다. 사나운 청진 바닷바람에 문풍지가 부르르 떨렸다. 바람에 물기가 잔뜩 묻어 있었다.

북간도의 눈물

이른 아침부터 비가 내렸다. 북을 하나씩 멘 이화성, 강남중과 하얀 무명 한복에 솜을 넣어 누빈 외투를 입은 이화중선, 긴 두루마기를 입고 중절모자를 쓴 심재덕이 기차에 올랐다. 청진에서도 기차는 꽉 차서 출발했다. 대부분 일본이 세운 만주국을 개척하기 위해 동원된 농민들이었다.

출발하기 전 부산스럽던 기차 안은 시간이 갈수록 조용해졌다. 고향을 떠나는 사람들은 창문에 흘러내리는 빗물을 보며 눈물을 흘렸다. 가만히 가을비를 맞고 있는 고향 산천의 모습을 머릿속에 깊게 새겨 놓으려는 듯 창밖의 풍경에서 눈을 떼지 못했다. 살아생전 이 풍경을 다시 볼 수 있을지 아무도 알 수 없었다. 기차 안의 공기는 점점 더 침울해졌다. 창문을 타고 흐르는 빗방울을 물끄러미 바라보던 이화중선이 저도 모르게 구슬픈 '상주 아리랑'을 부르기 시작했다.

> 아리랑 아리랑 아라리요
> 아리랑 고개를 넘어간다.
> 쓰라린 가슴을 움켜쥐고
> 아리랑 고개를 넘어간다.

노랫소리가 들리자 앞뒤에 앉은 사람들이 같이 부르기 시작했다.

> 아리랑 아리랑 아라리요
> 아리랑 고개를 넘어간다.
> 아버지 어머니 어서 와요.
> 북간도 벌판이 좋답디다.

> 아리랑 아리랑 아라리요
> 아리랑 고개를 넘어간다.

노랫소리는 점점 커지고 기차 안에 있던 거의 모든 사람이 아리랑을 함께 불렀다. 구슬픈 아리랑을 부르니 그동안 울음을 참고 있던 사람들도 모두 눈물을 흘렸다. 어느새 기차 안은 초상집이 돼 버렸다. 아이들도 엄마 품에 안겨 엉엉 울었다. 그렇게 한참을 울었을 때 이화중선이 불쑥 일어나서 말했다.

"여러분, 제가 여러분을 울려드려서 죄송합니다. 저는 소리꾼 이화중선입니다. 이제 그만 우시라고 힘 나는 아리랑을 다시 불러드리겠습니다. 어느 곳으로 가시든 무탈하게 사시다가 꼭 고향으로 돌아가시기 바랍니다."

그러자 사람들이 "와!" 하며 함성을 질렀다. 그 유명한 이화중선이 자기들과 함께 기차 안에서 아리랑을 불렀다니 믿을 수 없었다. 사람들은 언제 울었냐는 듯 즐거워하며 손뼉을 쳤다.

아리아리 얼쑤 아라리요
아리랑 얼씨구 노다가세.
아리랑 고개는 열 두 고개.
넘어갈 적 넘어올 적 눈물이 난다.

아리아리 얼쑤 아라리요
아리랑 얼씨구 노다가세.
저기 가는 저 아가씨 눈매를 보소.
겉눈을 감고서 속눈만 떴네.

이화중선은 힘차고 흥겹게 '해주 아리랑'을 불렀다. 그러자 사람들이 일어서서 춤을 췄다. 초상집 같던 기차 안은 단숨에 잔칫집 분위기가 되었다. 그렇게 한창 분위기가 달아오를 무렵 갑자기 열차 문이 열리면서 총을 든 헌병들이 들이닥쳤다.

"지금 뭣들 하는 건가?"

"모두 자리에 앉아!"

사람들은 겁을 먹고 모두 자리에 앉았다. 이화중선도 자리에 앉았다. 한 사내가 참지 못하고 볼멘소리로 한마디 하고 말았다.

"억지로 고향 뜨는 사람들인데 제 나라 노래도 맘껏 못 부르나?"

"뭐야?"

헌병은 총의 개머리판으로 사내를 거세게 내리쳤다. 사내는 기차 바닥에 픽 쓰러졌다. 헌병은 쓰러진 사람을 밟고 총부리를 겨누며 날카롭게 물었다.

"네가 주동자인가?"

얼굴이 심하게 일그러진 사내는 앓는 소리를 냈지만 입을 열지는 않았다.

"조선 노래를 기차 안에서 부르다니 겁도 없는 놈들! 주동자가 누구냔 말이다!"

그러자 심재덕이 손을 들며 일어나 말했다.

"접니다유. 비도 오고 고향 떠나는 사람들이 몹시 우울해하는 것 같아서 노래 한 곡 했는디 사람들이 따라 불러서 이 모양이 됐네유. 한 번만 봐주셔유."

심재덕이 충청도 사투리로 느릿느릿 말하며 너스레를 떨었다.

"노래를 하려면 대일본 제국 군가나 유행가를 부르면 될 일이지 왜 하필 아리랑을 불렀나? 아리랑은 금지곡인 거 모르나? 이거 사상이 불량한 불령선인 아닌가?"

"아이고 불령선인이라니유? 천만에 말씀이유. 저는 대일본제국에 충성하고 있는 사람이구만유. 서산에서 낙원식당을 하다가 청진 권번이 생겨서 악기 사범으로 온 사람이구유. 지는 그런 사람 아니에유. 아리랑은 조선 사람들이 가장 흔하게 아무 때나 부르는 노래구먼유. 오해하지 마셔유."

그러면서 심재덕이 슬쩍 헌병들의 주머니에 지폐 한 장씩을 집어넣어 줬다. 헌병들은 모른 척 가만히 있더니 태도를 살짝 바꿨다.

"그래? 청진 권번 사범이라면 신분이 확실하군. 알았다! 앞으로 아리랑 같은 건 부르지 말고 대일본 제국의 군가를 불러라! 알았나?"

"예! 예! 여부가 있겠습니까유."

헌병들이 나가자 심재덕이 큰 숨을 내쉬며 자리에 앉았다.

"죄송합니다. 저 때문에 큰일 날 뻔했습니다."

이화중선이 말했다.

"아니요. 어찌 우리 잘못이겠소? 우리 민족이 제 맘대로 노래도 못하게 하는 저놈들 잘못이지. 이제 조금만 가면 회령입니다. 거기서 많이 내릴 것입니다."

기차가 출발한 지 두 시간이 지나자 회령에 닿았다. 사람들은 이화중선 일행에게 고개 숙여 인사를 하면서 내렸다. 이화중선 일행은 회령보다 한 시간을 더 달려 한반도의 최북단 온정군에 있는 종성역까지 가서 내렸다.

종성역 근처의 두만강은 최상류라 폭이 좁은 하천에 지나지 않아 작은 나룻배로 쉽게 건널 수 있었다. 두만강을 건너자 바로 북간도였다.

"여기서부터 용정까지 한나절은 걸어야 하네. 힘내서 가 보세."

심재덕의 말에 다들 고개를 끄덕이며 걷기 시작했다. 아직 겨울이 시작되기 전인 9월 말이었지만 북간도는 벌써 추웠다. 비가 그친 뒤라 바람은 더욱 차가워 네 사람은 옷깃을 여미며 빨리 걸었다. 나루터를 벗어나자 마을도 없고 나무도 없는 황량한 벌판이 이어졌다.

"본래 여기에도 조선인 마을이 많이 있었소. 그런데 1920년 경신년 대토벌 때 일본 놈들이 독립군 잡는다며 마을을 다 태워 버려서 이렇게 된 것이오."

"이런 죽일 놈들! 어떻게 그런 짓을? 그럼 그 뒤로 계속 사람이 안 살았나요?"

"아닐세. 그 이후에도 조선 사람들이 계속 넘어와서 다시 마을을 이루고 살 만했는데 5년 전에 다시 만주사변이 일어났지. 만주에 있었던 많은 마을들이 만주사변 때 피해를 봤다네."

"만주국이 세워진 건 알고 있었지만 우리 동포들이 이렇게 큰 피해를 입었을 줄이야…."

"만주사변으로 만주에 사는 동포들 200만 명이 죽거나 집과 재산

을 잃었소. 독립군을 키워내던 학교와 교회도 많이 없어졌고. 만주에서 활발히 진행하던 독립운동도 큰 타격을 입어 모두 깊은 산속으로 들어가거나 중국 본토와 러시아로 흩어졌다오."

이화중선 일행은 심재덕의 이야기를 들으니 소름이 끼치고 가슴이 벌벌 떨렸다. 다들 한동안 말없이 걷기만 했다. 여기서 살다가 죽어 간 동포들을 생각하니 아무 말도 나오지 않았다. 귓가를 쓸고 지나가는 바람 소리만 점점 더 크게 들렸다. 분위기를 바꾸려 이화성이 입을 열었다.

"그런데 금괴를 맡길 중국인 갈 씨는 믿을 만한 분입니까?"

"당연하오. 만주에서 조선인들이 독립군들과 직접 접촉하는 건 이제 거의 불가능하오. 그래서 확실히 믿을 만한 중국인들의 도움을 받고 있소. 갈 씨는 만주에서 크게 활동하시던 여성 의병장 윤희순 선생님과 친분이 매우 두터운 분이라오."

"그래요? 윤희순 선생님에 대해서는 저도 많이 들어봤습니다. '안사람 의병가'를 지으셔서 여자들도 나라를 지키는 데 힘을 써야 한다고 독려하셨던 분이지요. '노학당'이라는 학교도 세우셨다고 들었습니다만, 윤희순 선생님은 지금 어디 계십니까?"

이화중선의 물음에 심재덕이 침울한 표정으로 대답했다.

"작년에 돌아가셨소. 노학당도 진즉에 없어졌고. 윤희순 선생님의 장남 유돈상씨가 무순 감옥에서 죽자 곡기를 끊으시고 세상을 버리셨지."

"세상에, 아드님을 따라가셨군요. 얼마나 비통하면 그렇게 가셨을까요?"

이화중선은 윤희순 의병장과 그 아들마저 죽었다는 얘기를 듣자 걸음을 멈췄다. 서쪽 산등성이로 해가 지고 있었다. 이화중선은 만주에서 일본군에게 희생당한 수많은 동포와 윤희순 의병장 가족을 생각하며 두 손을 모으고 눈을 감았다. 다른 사람들도 두 손을 모으고 고개를 숙였다.

언덕에 끝없이 피어있는 하얀 억새꽃들이 떨어지는 햇살을 받아 붉은 파도처럼 일렁였다. 언덕 저편에는 흰옷을 입고 살았으나 붉은 피를 흘리며 죽어간 수많은 사람의 무덤이 말없이 앉아 있었다.

한참을 더 걷다가 심재덕이 걸음을 멈췄다.

"저기 해란강이 보이십니까? 저기가 바로 룽징, 용정이오!"

"아! 드디어 용정이군요. 꽤 큰 도시네요!"

"경성에서 용정까지 정말 멀긴 멀군요. 아이고 다리야."

용정이 내려다보이는 언덕길에서 네 사람은 잠깐 섰다가 다시 걸음을 재촉했다. 이미 날이 어두워지고 있었기 때문이다.

"어서 갑시다!"

심재덕은 하나도 힘들지 않은 듯 성큼성큼 앞서서 걸어갔다. 용정 시내 어느 골목으로 들어간 심재덕은 허름한 집 앞에 멈춰 문을 조용히 두드렸다. 그러자 중국옷을 입은 나이가 꽤 들어 보이는 남자가 문을 열고 고개를 내밀었다.

"니 하오 마?"

심재덕이 중국말로 인사하자 그 사람이 주변을 살피더니 얼른 들어오라고 손짓했다. 집 안으로 들어가자 그 사람은 유창한 조선말로 인사를 했고 서둘러 밥상을 차려 주었다. 네 사람은 갈 씨가 차려준 간단한 밥으로 허기진 배를 채운 뒤 북을 꺼내 놓았다.

"소리북이군요."

"알아보시는군요. 이 안에 금괴가 있습니다."

"제가 북을 두 개나 짊어지고 갈 수는 없습니다. 저는 중국 사람이라 검문을 받지 않으니 금괴를 빼서 주시지요. 잘 가지고 가서 지청천 장군께 전달하겠습니다."

"알겠습니다."

이화성과 강남중이 북 가죽을 뜯어냈다. 그러자 얇은 끈에 꽁꽁 묶인 채 북 가운데 자리 잡고 있는 번쩍이는 금덩어리가 나타났다.

"아! 아주 좋은 방법으로 금괴를 가지고 왔군요."

갈 씨가 금괴를 받아 들며 감탄했다.

"그런데 지청천 장군은 어떤 분입니까? 소문은 많이 들어 알고 있습니다만."

이화중선이 물었다. 그러자 심재덕이 말을 꺼냈다.

"지청천 장군의 호는 백산이오. 무슨 뜻인지 아시겠습니까?"

"백산이요? 혹시 백두산인가요?"

"그렇소. 조국을 지키는 백두산 같은 분이라 동지들이 그렇게 호를 붙여드렸다고 하오. 조선 군대가 일본에 의해 강제 해산된 뒤 조정에서 군인들 50여 명을 일본의 군관 학교에 유학을 보냈었소. 하지만 아무도 돌아오지 않았다오. 어차피 조선이라는 나라는 없어졌으니까. 한데 지청천 장군은 목숨을 걸고 일본 군대를 도망쳐 만주에서 독립군을 키우고 일본군에 맞서 투쟁하고 계신 분이오."

"아, 정말 대단한 분이군요."

"이 금괴가 지청천 장군께 꼭 전달돼서 잘 쓰이길 바랍니다."

이화중선이 살짝 걱정스러운 낯빛을 띠자 갈 씨가 말했다.

"걱정하지 마십시오. 제가 한두 번 해 본 게 아닙니다. 오늘은 여기서 푹 주무시고 내일은 명동촌까지 마차를 타고 가서 쉬시고 다음 날 두만강을 건너서 돌아가십시오. 명동촌에 가면 명동교회가 있는데 김약연 목사님이 반겨주실 겁니다."

갈 씨에게 금괴를 넘긴 사람들은 비로소 다리를 쭉 뻗고 편안히 잠자리에 들었다. 이화중선은 지청천 장군과 독립군 이야기를 들으니 머지않아 조선이 해방될 것만 같아 오랜만에 기분 좋게 잠이 들었다.

다음날 이른 아침 중국인 갈 씨는 이화중선 일행을 큰 우물 앞으로 데리고 갔다.

"여기가 용두레 우물입니다. 용정이라는 이름은 바로 이 우물에서 나온 것이지요. 용정에 처음 이주한 조선 사람들이 발견한 우물입니다. 자, 시원한 물 한 바가지씩 마시고 먼 길 잘 돌아가십시오."

"예, 갈 선생도 조심히 잘 가셔서 백산 장군님 꼭 만나시기를 바랍니다."

"갈 선생님만 믿습니다."

중국인 갈 씨를 보낸 뒤 이화중선 일행은 용두레 우물에서 물 한 바가지씩을 떠 마시고 마차를 탔다. 마차는 용정 시내를 벗어나 오랑캐령을 천천히 올라갔다. 오랑캐령은 소문대로 무척 험했다. 이러다 마차 바퀴가 빠지지 않을까 걱정될 정도로 험한 고갯길을 넘어야 했다. 마른 먼지가 풀풀 날리는 오랑캐 고개 위에 마차가 비틀비틀 간신히 올라서자 눈 아래 너른 들판이 펼쳐졌다. 그 들판은 수확을 마친 논이었다. 물길이 쭉쭉 나 있고 반듯반듯한 논이 드넓게 펼쳐져 있어 전라도의 평야와 다름없었다.

"와! 세상에! 북간도에 이런 평야가 있다니!"

"대단합니다! 일본이 여기까지 개발한 것입니까?"

"아닐세. 조금만 더 가면 그 주인공을 만날 수 있다네."

심재덕의 말에 세 사람은 더 놀라며 주위 풍경을 둘러보았다. 네 사람을 태운 마차는 '육도하'라는 하천을 따라 뻗어 있는 길을 달렸다. 주변의 먼 산들은 벌써 알록달록 물이 들어 있었고 시냇가의 버드나무잎도 노랗게 물들어 축축 늘어져 있었다.

"이랴!"

마부가 말을 재촉했다. 오랑캐 고개를 어렵게 넘어온 말이 평탄한 길에 다다르자 신이 나는지 속도를 냈다.

"저 산 좀 보십시오. 산인지 바위인지 어찌 저렇게 손바닥 세워놓은 것처럼 서 있습니까?"

"하하하 손바닥 서 있는 것처럼 서 있어서 선바위라오. 학생들이 저기로 소풍도 많이 가고 예전엔 독립군들이 훈련도 많이 했던 곳이지요. 이토 히로부미를 저격한 안중근 의사도 저기서 사격 연습을 했다는 소리를 들었소."

"정말입니까? 안중근 의사도 명동촌에 사셨습니까?"

이화성이 놀라서 물었다.

"안중근 의사는 두 달 정도 머물다 가셨다더군. 안중근 의사뿐이겠는가? 수많은 독립운동가와 독립군이 이곳 명동촌과 장재촌 출신이고 북간도 사람들의 지원을 받으며 활동했지. 자세한 얘기는 김약연 목사님께 들어보게. 저기 보이는 게 명동촌일세."

심재덕의 말에 이화성은 선바위를 더욱 유심히 바라보았다.

버들방천 옆에 자리 잡은 명동촌은 시골 마을치고 꽤 큰 마을이었다. 집도 많았고 학교도 있고 교회도 있었다. 나무 십자가가 높이 꽂혀 있는 기와집에 들어서자 하얀 두루마기를 입고 안경을 쓴 노부부가 이들을 맞았다.

"어서들 오시오. 먼 길 오느라 얼마나 고생이 많았소?"

"아닙니다. 편안히 왔습니다."

"아, 이화중선 명창이시구려. 이렇게 유명한 명창을 만나다니 오늘은 아주 특별한 날이군요. 하하하. 반갑습니다. 김약연입니다."

"김약연 목사님이시군요. 이렇게 반겨주셔서 고맙습니다."

"이서들 들어오세요."

한쪽 벽에 큰 십자가가 걸려 있는 교회 안은 매우 추웠다. 김약연 목사 부부는 교회 안쪽에 있는 방으로 사람들을 데리고 들어갔다. 방 가운데에는 화롯불이 있었다.

"여기 앉으세요. 여기는 좀 따뜻합니다. 북간도는 경성과 달리 벌써 겨울이에요."

"명동촌 이쪽은 엄청난 평야 지대라 깜짝 놀랐습니다. 본래 여기에 논이 이렇게 있었습니까?"

"하하하 아니지요! 본래 만주 사람들은 콩이랑 옥수수 같은 밭농사만 짓고 있었습니다. 그런데 우리 민족이 이주하면서 논을 만들고 물을 끌어들여서 벼농사를 짓기 시작한 것이지요. 추운 곳에 와서 고생을 정말 많이 했습니다. 그래도 어쩌겠습니까? 밥이 우리 민족의 주식이니 벼를 키울 수밖에요. 대단하지요?"

"네! 완전히 새로운 세상을 만드셨군요."

"논만 보고 새로운 세상이라고 하면 섭섭하지요. 처음 이곳에 땅을 사서 터를 잡은 네 가문은 이 먼 곳에서 자기 식구들끼리만 잘 먹고 편히 살려고 그런 게 아니었습니다. 빼앗긴 조국을 반드시 되찾겠다는 굳은 신념을 가지고 온 것이었지요."

"아, 그랬군요. 그럼 그분들은 처음부터 교회를 다니던 분들이었나요? 목사님도요?"

"그럴 리가요. 조국에 살 때는 예수가 누군지도 모르고 공자, 맹자만 읽던 양반들이고 유학자 집안이었습니다. 저도 맹자를 만 번이나 읽은 사람입니다. 허나 이제 유학으로는 도저히 힘센 나라를 만들 수가 없다고 판단하여 명동촌의 모든 어른이 오랜 논의 끝에 기독교를 받아들이고 서양의 문물을 받아들인 것이지요."

평생 유학을 배운 양반 집안이 기독교를 받아들였다는 이야기에 이화중선이 놀란 눈으로 쳐다보았다.

"사람들이 모여 마을이 생기면 교회부터 짓고 그다음 학교를 지었습니다. 농사를 지어 생산한 쌀은 경전, 학전, 군전 이렇게 셋으로 나눠서 먹고사는 데에 한 가마, 아이들 가르치는 한 가마, 독립운동하는 데에 한 가마, 이렇게 똑같이 나눠서 쓰도록 했습니다. 그렇게 해서 많은 독립운동가와 독립군을 키워 냈지요."

"세상에 처음부터 조국을 되찾으려고 준비하면서 마을을 꾸려나가셨다니! 그럼 지금도 교회랑 학교가 잘 운영되고 있나요?"

"음, 지금은 다들 이사 가고 별로 안 남았습니다. 학교도 중학교까지 있었는데 지금은 소학교밖에 없고 교회에 나오는 사람도 별로 없습니다."

"아니 왜요?"

김약연 목사는 사람들의 질문이 이어지자 마시던 찻잔을 내려놓고 눈을 감았다. 쓰라린 기억을 다시 꺼내려니 마음이 착잡해졌다.

1919년 전국에 만세운동이 들불처럼 퍼져나갈 때 명동촌, 장재촌을 비롯해 북간도 여러 곳에 모여 살던 조선인들이 태극기와 십자가를 들고 용정으로 모여들었다. 목자를 따르는 양 떼처럼 큰 십자가를 따라 모여든 수만 명의 사람들은 "대한독립 만세"를 부르며 행진했다. 하지만 수백 미터 행진하다 결국 총을 든 일본군과 마주하게 됐고 끝내 일본군의 총칼에 19명이 목숨을 잃고 흩어지고 말았다.

그 뒤에도 북간도의 여러 조선인 마을은 무장 독립 단체를 지원했다. 마을의 주민들이 봉오동 전투, 청산리 전투 때도 독립군을 목숨 걸고 먹여주고 재워주고 치료해 주었는데 그 구심점이 바로 교회였다. 이것을 안 일본군은 가만있지 않았다.

전투가 끝나고 양쪽 군대가 모두 물러간 어느 날 일본군이 노루바윗골 조선인 마을에 쳐들어왔다. 그리고는 다짜고짜 남자들을 모두 잡아 장암동 교회에 가둬 놓고 불을 질러 버렸다. 울며불며 매달리는 여자들과 아이들은 모두 총으로 때리고 발로 차서 쓰러뜨렸다. 이때 교회 안에서 타 죽은 마을 사람들은 모두 36명이나 됐다.

얼마 뒤 악마들은 명동촌에도 들이닥쳤다. 장암동의 학살을 전해 들은 명동촌의 지도자 다섯 명은 일본군 앞에 스스로 나서서 사정했다.

"우리가 명동촌의 대표들이고 우리가 독립군을 도왔소. 우리만 잡아가고 제발 명동촌은 건드리지 말아 주시오."

하지만 일본군은 목사들과 마을 지도자들을 잡아가고 교회와 학교를 불태웠다. 더 이상 인명 피해는 없었지만 마을의 중심이었던 학교와 교회가 싹 다 타버리고 지도자들은 없어진 것이다.

"아, 그때 목사님도 잡혀가셨나요?"

"나는 그날 명동촌에 없었소. 용정에 다녀오니 교회와 학교는 다 타버리고 사람들은 울부짖고 있더군요."

"세상에, 그때 잡혀가신 분들은 어떻게 됐나요?"

"세 명은 모진 고문을 당한 뒤 살아 돌아오셨지만 나머지 두 분은 감옥에서 사형당하셨소."

네 사람은 아무 말도 못 하고 깊게 한숨을 쉬며 눈을 감았다. 이화중선의 눈에서 뜨거운 눈물이 주룩 흘러내렸다. 김약연 목사도 오랜만에 아픈 이야기를 꺼내놓으니 그때 돌아가신 분들이 떠올라 마음이 무척 무거워졌다. 무거운 공기가 방안을 가득 채웠다. 이화중선이 손수건을 꺼내 눈물을 닦고 차를 한 모금 마신 뒤 말을 꺼냈다.

"그럼 이 교회는 다시 지은 건가요?"

"다시 지었지요. 간신히 교회와 학교를 다시 짓고 마을 사람들도 다시 모이고 어느 정도 살 만했는데 이번에는 만주사변이 일어나 또 탄압을 받게 되었지요. 그때 교회를 운영하던 사람들은 모두 용정으로 떠났습니다. 더 이상 여기서 버틸 수가 없었어요. 그때 나는 평양으로 가서 안수를 받고 목사가 되어 돌아와 이 교회를 운영하고 있는 것입니다. 간간이 이렇게 여러분 같은 사람들을 재워주기도 하지요."

"그러셨군요. 목사님 덕분에 저희가 안전하게 금괴를 중국인 갈 씨

에게 전달하게 된 것 같습니다."

이화중선은 고개를 숙여 감사한 마음을 전했다.

"교회와 명동촌 주민들을 살리기 위해 잡혀가신 분들의 소원은 조국의 독립이었습니다. 조국의 독립을 보는 것이 가장 간절한 소원이었지요. 하지만 그분들은 욕심을 버렸습니다. 살아서 독립을 보는 기쁨을 자손들이 누리도록 기꺼이 양보하셨던 것이지요. 한 알의 씨앗이 썩어야 싹이 트고 큰 나무가 자라지 않습니까? 그분들은 스스로 한 알의 씨앗이 되신 거예요."

네 사람은 고개를 끄덕이며 김약연을 조용히 바라보았다. 교회는 사람들이 모여서 기도만 하는 곳인 줄 알았는데 이렇게 조국을 위해 싸우고 목숨을 바치는 사람들이 있었다니 놀랍고 감격스러웠다.

"앞으로 우리 조국은 반드시 해방될 것이고 평화롭고 잘 사는 나라가 될 것입니다. 명동촌에서 돋아난 새싹들이 벌써 조선, 일본, 중국, 미국뿐만 아니라 세계 곳곳에서 잘 커나가고 있습니다. 독립운동뿐 아니라 미래를 이끌어갈 주역들이 될 것입니다."

김약연 목사 부인이 차려준 저녁밥을 잘 먹은 이화중선은 교회를 나와 버들방천길을 혼자 걸었다. 북간도의 밤공기는 쌀쌀했지만 이곳에서 뜨겁게 살다가 떠난 사람들 생각에 쉽게 잠을 이룰 수 없을 것 같았다. 얼마 뒤 김약연 목사 부인이 따라 나왔다.

"어두운데 혼자 다니시면 위험합니다."

"아, 저희 밥 차려 주시느라 힘드셨을 것 같아 혼자 나왔습니다. 고맙습니다."

"힘들긴요. 예전에는 날마다 수십 명이 함께 밥을 먹었습니다. 주먹밥도 수백 개를 쌌고요. 지금은 사람도 없고 할 일도 없습니다. 이제 나이도 많이 들어서 기운도 없고요."

두 사람은 낭창낭창 늘어져 흔들거리는 버들가지 아래를 걸었다. 마른 버들잎들 사이로 바람이 지나가면서 소리를 냈다. 바닥에 떨어진 나뭇잎들은 바스락바스락 소리를 내며 부서졌다. 걸음을 멈추고 올려다본 하늘에는 셀 수 없이 많은 별이 명동촌을 내려다보고 있었다.

"이 버들방천에서 함께 빨래하던 아낙네 중에도 죽은 사람들이 많아요. 저 육도하에서 멱 감던 아이들 중에도 죽은 아이들이 많고요. 저기 선바위에서 즐겁게 노래하던 학생들 중에도. 교회에서 함께 기도하고 찬송을 부르던 할아버지 할머니들도 그렇고요. 멀쩡한 나라에서 살았다면 그렇게 죽었을 리 없던 사람들이죠."

"사모님, 그 사람들의 억울한 넋은 누가 위로할 수 있을까요?"

"제사상을 아무리 잘 차려준다 해도 인간의 제사로는 그분들의 넋을 위로할 수 없을 거예요. 하지만 저 별들을 보세요. 어떤 별도 억울해하지 않아요. 다만 독립이 된다면 주님 품 안에서 더욱 편안히 쉴 수 있겠지요."

손톱같이 얇은 달이 버드나무 끝에 걸렸다. 귀뚜라미와 부엉이가 울었다. 시냇물도 돌돌돌돌 구슬프게 울었다.

쑥대머리 귀신 형용

적막한 옥 방에 찬 자리에

생각난 것은 임뿐이라

보고 지고 보고 지고

한양 낭군이 보고 지고

북간도 사람들이 죽어가면서도 간절히 바랐던 대한의 독립은 춘향이가 변 사또에게 맞아 죽어가면서도 간절히 기다렸던 이 도령과 다를 게 없었다. 이화중선은 북간도 사람들을 생각하며 '쑥대머리'를 불렀다.

내가 만일에 도련님을 못 보고

옥중 고혼이 된다면

무덤 근처 섰는 나무는 상사목이 될 것이고

무덤 앞에 있는 돌은 망부석이 될 것이니

생전 사후 이 원통을 알아 줄 이가 뉘 있단 말이냐.

방성통곡의 울음을 운다.

춘향이 울음에 하늘의 별도 울고 북간도의 바람도 울었다.

강제 동원

청진 권번에서 벌어 온 돈은 아주 요긴하게 쓰였다. 가설극장 천막을 새로 사고 무대 장치 도구와 조명, 음향 시설도 마련했다. 의상과 소품도 다 새로 장만해 완전히 새로운 대동가극단을 꾸렸다. 무엇보다 신입 단원들이 많이 들어와 활발하게 좋은 공연을 만들어 나갔다. 권번에서 잘 나가는 젊은 기생들이나 목청 좋은 젊은 남자 소리꾼들은 서로 대동가극단에 들어오려고 기를 썼다. 어느새 대동가극단원은 50여 명에 이르렀고 조선 최고의 가극단으로 자리 잡았다.

하지만 얼마 뒤 전쟁이 터지고 말았다. 일본이 끝내 중국에 폭탄을 쏟아붓기 시작한 것이다. 한반도 삼천리 방방곡곡에 제국주의를 상징하는 욱일기가 펄럭였다. 일본은 더욱더 치밀하고 악랄하게 돈이든 물자든 닥치는 대로 빼앗아 갔다. 중요 건물마다 "내선일체"라고

크게 써 붙이고 일본과 조선이 하나라고 세뇌했다. 국민정신 총동원 운동으로 일본과 조선의 모든 사람이 전쟁의 광풍에 휩쓸려 다녔다.

전쟁이 일어난 지 얼마 안 돼 중국의 서주가 함락되었고 전국에서 축하 행사가 벌어졌다. 신사마다 봉고제◆가 거행되었고 지역의 명소마다 축하 잔치를 벌이고 거리 행진을 했다. 일본은 거대한 대륙 국가 중국의 큰 도시를 함락시켜서 기고만장했다. 하지만 전쟁은 쉽게 끝나지 않았다. 전쟁이 시작된 지 5년이 지나도 끝날 기미는 보이지 않았고 일본은 군사도 부족해지고 물자도 부족해져 점점 더 허덕거렸다.

밖에서 일을 보고 돌아 온 이화성이 방문을 열며 말했다.

"누이 큰일이오. 심상치 않아요."

"뭐가 말이냐?"

"경찰이 젊은 사람을 마구잡이로 잡아가고 있어요. 아니, 젊은 사람뿐 아니오. 소학교 학생들도 잡아가고 애들 아부지들도 잡아가고 있대요."

"큰일이구나. 우리 단원들도 조심시켜야겠다. 너도 조심해라."

"경성은 좀 낫지. 지방에서는 진짜 나같이 나이 많은 사람들도 잡아간답디다."

"나이 많은 사람들은 싸우지도 못할 텐데 왜 잡아간다니?"

◆   일본식 용어로, 신에게 고하는 의식을 말한다.

"군수 공장에서 일하고 탄광에서 일을 시킨대요. 여자들도 엄청 잡혀가고 있어요."

"아이고 이를 어쩔꼬…. 전에는 돈 벌게 해 준다고 속여서 데리고 가더니 이제는 대놓고 잡아간단 말이냐? 어쩌면 좋으냐? 우리 단원들 별일 없어야 할 텐데."

"전쟁이 빨리 끝나야 할 텐디 정말 큰일이오. 이러다가 조선 사람들 씨가 마르겠소."

두 사람은 라디오를 틀어 놓고 전쟁 소식이 나오는지 귀 기울이며 신문을 뒤적였다. 신문에는 일본이 여기저기서 이기고 있다는 이야기와 천황 폐하를 위해 목숨을 바쳐야 한다는 친일파들의 글과 그림뿐이었다.

"이런 썩을 놈들! 지눔 자식들은 돈으로 빽으로 다 빼돌리면서 어디 남의 귀한 자식들을 전쟁터로 나가라고 야단이여 야단이!"

이화성이 침을 튀기며 욕을 해댔다.

"목소리 낮춰라. 누가 들을라."

집 안에서 둘이 하는 얘기도 조심스러운 세상이었다.

판소리꾼들도 하루하루 살아가기 힘든 시절이 계속되었다. 간신히 재기에 성공했던 대동가극단도 공연이 없어서 단원들은 다른 일거리를 찾아야만 했다. 그러다 오랜만에 공연이 잡혀 연습을 다시 시작한 어느 날이었다. 단원 스무 명이 동양극장에서 창극 흥보가 연습을 열심히 하고 있을 때였다. 갑자기 극장 문이 쾅 열리더니 무대 위로

칼과 총을 든 경찰들과 목검을 든 사람들이 우르르 달려 올라왔다.

"아악!"

"이게 뭐 하는 겁니까?"

"모두 잡아! 대일본제국에 충성할 기회를 주기 위해 일본으로 데리고 가는 것이다. 잔말 말고 따라와!"

단원들은 이리 뛰고 저리 뛰어 도망 다녔지만 결국은 몽둥이로 두들겨 맞으며 모두 잡히고 말았다. 신입 단원 강만식은 끝까지 저항하다가 온몸을 두들겨 맞아 얼굴에서 피를 흘리고 다리를 절뚝이며 끌려갔다. 극장 밖에 있다가 야단이 난 것을 보고 들어 온 임 단장은 허둥대며 경찰 대장에게 달려가 사정을 했다.

"아니, 우린 예술인들입니다. 공연을 앞두고 있어요. 이런 법이 어디 있습니까?"

"어딨긴 어딨어? 예술이든 뭐든 성전을 승리로 이끄는 것보다 중요한 게 뭐가 있단 말이냐? 이런 조센징 같으니라고!"

"아이고, 그럼 여자들이랑 나이 많은 사람들이라도 풀어주십시오."

"젊은 여자들도 다 쓸 데가 있다. 풀어 줄 사람들은 경찰서에 가서 선별하겠다. 우선 다 트럭에 타라."

결국 임종원까지 트럭에 태워져 종로 경찰서로 잡혀갔다. 경찰서 마당은 경성 곳곳에서 잡혀 온 조선인들로 꽉 차 있었다. 임 단장은 나이가 많아 간신히 풀려나 이화중선의 집으로 달려갔다.

"선생님, 큰일 났습니다! 단원들이 잡혀갔습니다!"

"뭐라고? 누가 잡혀갔단 말이오?"

"젊은 단원들이 다 잡혀갔습니다."

"여자들은요?"

"여자들도 쓸 데가 있다며 다 잡아갔습니다."

"어디로 잡아갔단 말이오?"

"지금 모두 종로 경찰서에 있습니다. 일본으로 데리고 간다고 합니다. 이를 어찌합니까?"

갑작스러운 충격적인 소식에 이화중선은 자리에 쓰러지다시피 주저앉았다.

"아이고, 아이고! 이 일을 어쩌나. 올 것이 왔네. 모두 어디로 끌려간단 말인가?"

"전쟁터가 아니라 돈 벌러 일본으로 가는 것이니 걱정 말라고 하더이다. 군수 공장에 취직 시켜줄 거라고. 그 말을 어떻게 믿어요?"

"그럼 취직하고 싶은 사람만 데리고 가면 될 일이지 물어보지도 않고 죄다 잡아간단 말인가? 벼락 맞아 죽을 놈들! 아이고 머리야!"

이화중선은 머리를 싸매고 잠깐 누워서 이리저리 생각을 하고 또 하다가 자리를 박차고 일어나 경찰서로 달려갔다. 마침 이화중선의 판소리를 좋아하는 일본인 경찰 간부가 생각난 것이다. 이화성과 임단장도 따라나섰다. 단원들을 구해오지 못하면 어디로 가는지라도 알아볼 참이었다.

종로 경찰서 안에는 허둥거리며 사람을 찾는 사람들로 가득 차 시장 바닥 같았다. 다들 이화중선과 같은 마음으로 잡혀간 식구들을 찾아 헤맸다. 이화중선은 다카이치 경무를 찾았다. 바쁘게 일 처리를 하고 있던 다카이치 경무가 이화중선을 알아보고 먼저 달려 나왔다.

"이화중선 명창님 아니무니까? 어떻게 이런 곳에 오셨으무니까?"

"우리 단원들이 잡혀갔습니다. 연습하고 있던 우리 단원들을 왜 갑자기 잡아가는 겁니까? 이래도 되는 겁니까?"

"아, 잡혀 온 게 아니무니다. 그 사람들은 일본의 군수 공장에 취직시켜 주려고 데리고 온 것이무니다. 거기 가면 조선에서보다 돈을 훨씬 많이 벌 수 있으무니다."

"그렇다면 가겠다고 하는 사람만 데리고 가면 될 것 아니오? 얘기를 들어보니 다짜고짜 트럭에 태워서 데리고 갔다던데, 이게 잡아간 것이 아니면 뭡니까?"

"무슨 오해가 생긴 것 같으무니다. 그렇지마노 그 사람들은 군수 공장에서 돈을 많이 벌어서 올 테니 걱정 마시기 바라무니다."

"도대체 그들을 어디로 데려간단 말이오? 어딘지 알려나 주시오."

"아마, 이번에 가는 사람들은 나가사키일 것이무니다. 저도 자세히는 잘 모르무니다."

"나가사키?"

이화중선은 나가사키라는 말을 듣고 경찰서를 빠져나왔다. 경무의 멱살을 잡고 싶었으나 그래봤자 일만 커질 뿐 아무 소용이 없다는 걸 알았다.

잡혀 온 사람들은 벌써 경찰서를 떠나고 없었다. 기차에 태워 부산까지 간 다음 부산에서 배를 타고 나가사키로 갈 것이다. 경찰서를 빠져나온 세 사람은 경성역에 가려고 택시를 잡으려 두리번거렸다. 한데 택시는 구경하기 힘들고 조랑말이 끄는 마차 택시만 자주 지나다녔다. 셋은 할 수 없이 마차 택시를 잡아탔다.

"경성역이오!"

마차 택시는 일반 택시보다 훨씬 느렸다. 기차가 떠나기 전에 도착해야 하는데 이놈의 조랑말은 세월아 네월아 터벅터벅 걷기만 했다.

"여보시오! 좀 빨리 갈 수 없소?"

"제주도에서 편히 살던 말이 갑자기 하루 종일 마차를 끄니 얼마나 힘들겠소? 아무리 채찍질해도 더 이상 속도가 나지 않소. 이해하시오. 더구나 지금 나까지 네 사람이 타지 않았소? 요즘 말들도 지쳐 쓰러질 지경이오."

마부의 말을 듣고 조랑말을 보니 힘에 부쳐 고개를 끄덕이며 간신히 걷고 있었다. 전쟁이 터지자 가솔린으로 달리는 택시는 대폭 줄이고 제주도 조랑말 500마리를 데리고 와 마차 택시를 운영하고 있었던 것이다.

거리 풍경은 30년 전으로 되돌아간 것 같았다. 거리에는 말똥이 수없이 떨어져 있었고 마차 택시는 말똥을 짓이기며 터덜터덜 경성역으로 힘겹게 달려갔다. 경성역 광장에는 수천 명이 질서 정연하게 서 있었다. 경성역 앞에 마련된 단상에는 정무총감이 올라가 연설하고 있었다. 저 많은 사람 중에 대동가극단 단원들을 찾을 수 있을까? 세 사람은 단원들을 찾으려고 눈을 부릅뜨고 이리저리 살폈다. 하지만 사람이 너무 많고 경찰이 막고 있어서 가까이 갈 수가 없었다. 정무총감이 성전에 참여하는 것을 영광으로 생각하라는 연설을 끝내고 외쳤다.

"덴노 헤이카 반자이!"

그러자 광장에 서 있던 수천 명의 사람들이 두 손을 번쩍 들며 "천황폐하 만세!"를 세 번 외쳤다.

"덴노 헤이카 반자이!"

"덴노 헤이카 반자이!"

"덴노 헤이카 반자이!"

한쪽은 남자들이고 한쪽은 여자들이었다. 외치고 싶어서 외치는 사람은 하나도 없어 보였다. 잡혀 올 때부터 조금이라도 반항하는 사람들은 몽둥이찜질을 당해놔서 이제 아무도 거부하지 못하고 하라는 대로 하고 있었다. 여자들 중에는 단발머리가 많았지만 빨간 댕기머리를 한 아이들도 많았다. 아이들은 눈물을 줄줄 흘리며 만세를 부르고 있었다.

출정식이 끝나고 징용자들은 줄지어 기차역으로 들어가기 시작했다. 식구들을 찾으러 온 사람들은 떠나는 이들을 보며 울부짖기 시작했다. 어떻게든 가까이 다가가려고 발버둥을 치며 소리쳤지만 사람들이 너무나 많아서 서로 얼굴을 보려야 볼 수가 없었다. 혹시 자기 식구들이 있을까 이리저리 고개를 돌리며 걷는 징용자들에게는 느닷없이 몽둥이가 날아들었다. 결국 모두 고개를 숙인 채 앞 사람만 따라서 걸어갈 수밖에 없었다. 이화중선, 이화성, 임 단장도 단원들 찾는 것을 포기하고 그저 눈물로 그들을 배웅할 수밖에 없었다. 아무 것도 할 수 없어 속이 타들어 가던 이화중선이 외쳤다.

"다들 살아서 꼭 돌아오시오!"

그러자 사람들이 따라서 외쳤다.

"다들 살아서 꼭 돌아오시오!"

소리치던 사람들은 모두 주저앉아 땅을 치며 통곡을 했다. 떠나는 사람과 보내는 사람들의 통곡으로 경성역 바닥은 눈물의 바다가 되었다.

단원들이 잡혀간 지 1년이 지났다. 극장에는 찬바람만 쌩쌩 불었다. 모두 근근이 하루하루를 살아갔다. 이화중선은 방에서 꼼짝을 하지 않았다. 단원들이 잡혀간 뒤로 공연도 못하니 점점 우울하고 살맛이 안나 밥도 제대로 못 먹었다. 우물가에 서 있는 감나무에 대롱대롱 매달려 있던 바짝 마른 나뭇잎이 홀렁홀렁 떨어져 마당을 굴러다녔다. 꼭대기에 몇 개 남겨 뒀던 감들도 어느새 까치들이 다 따먹어서 감나무에는 아무것도 남아있지 않았다.

"누이, 이러다가 누이까지 어떻게 될까 걱정이오. 밥 좀 드시오."

"밥을 먹어서 뭐 한다니? 뭐가 좋아서 밥을 먹고 오래 산다니. 그냥 이러다 중선이 따라가련다."

"뭐라고요? 그럼 나는 어쩌라고 이러시오? 나는 동생 아니오?"

"너는 네 처자식 있잖아. 나는 남편도 없고 자식도 없고. 이제 공연도 못 하니 살 의미가 없어."

"그럼 공연을 하면 되잖수."

"공연을 어디서 해? 극장에 누가 온다고. 단원들도 없는데."

"우리가 나가사키로 갑시다. 혹시 압니까? 먼발치서라도 우리 단원들 볼 수 있을지?"

"나가사키를 가자고? 우리가?"

"노무자 위문 공연단을 모집한다고 합디다. 우리도 위문 공연단으로 가자고요."

"그래? 그런 방법이 있었구나. 좋은 생각이다. 여기서 이러고 있는 것보다 그게 낫겠다."

"임 단장이랑 임방울이랑 몇 명 같이 가자고 할 테니 그리 알고 기운 좀 내시오."

"알았어, 밥 먹으마. 그래야 소리를 하지."

이화중선은 오랜만에 밥을 제대로 먹었다. 그리고 소리 연습을 하기 시작했다. 일본에 끌려간 우리 조선 동포들을 위해 공연을 하러 간다니 다시 기운을 내야 했다.

나가사키와 군함도

    동쪽 수평선에서 이글이글 둥그런 태양이 떠오르기 시작하자 이디서인지 갈매기들이 날아와 끼룩끼룩 울기 시작했다.

    "누이! 나가사키요! 다 왔소."

    갑판에서 생각에 잠겨있던 이화중선은 화성이가 부르는 소리에 고개를 돌렸다. 뿌연 안개 속에 육지가 보이기 시작했다. 나가시키항은 대단히 컸다. 조선의 많은 항구를 가봤지만 이렇게 큰 항구는 처음이었다.

    거대한 군함들이 곳곳에 서 있었고 이화중선 일행이 탄 여객선과 같은 대형 여객선이 수십 채 떠다녔다. 부두에 정박해 있는 크고 작은 배들이 셀 수 없이 많았고, 항구 둘레에 드넓게 펼쳐져 있는 산에는 중턱까지 성냥갑 같은 집들이 빼곡하게 들어차 있었다. 얼마나 많은 사람이 나가사키에 살고 있는지 짐작할 수 있었다.

"세상에! 이러니 일본이 중국까지 공격하지! 어마어마하구먼요!"

이화성이 입을 다물지 못했다. 나가사키는 임진왜란 때 잡아 온 조선 포로들을 포르투갈 국제 노예시장에 팔아 돈을 벌던 노예 무역 항구였다. 조선 사람들의 목숨값과 피눈물이 나가사키를 키운 것이다.

"이 넓은 나가사키 어디에 우리 단원들이 있을까?"

이화중선은 한강 모래밭에서 바늘 찾기가 더 쉽겠다는 생각이 들어 막막했다. 나가사키뿐 아니라 다른 도시에도 공장이랑 탄광이 많다는데 도대체 어디서 일하고 있을까? 여자 단원들은 또 어디서 무슨 일을 하고 있을까? 이화중선은 단원들 생각에 가슴이 아려왔다.

나가사키 극장은 노무자들로 꽉 찼다. 조선 사람뿐 아니라 일본 사람, 중국 사람도 많았다. 유행가 가수들과 신민요 가수들이 신나게 노래했다. 힘든 노동에 몸이 축나고 길고 긴 타향살이에 마음이 축난 사람들은 오랜만에 조선 사람들이 불러주는 노래와 춤에 잠깐이지만 즐거운 시간을 보냈다. 대동가극단은 창극 흥부전을 무대에 올려 사람들의 웃음과 눈물을 뽑아냈다. 흥부전이 끝나자 우렁찬 박수 소리가 울려퍼졌다.

"재청이요! 재청이요!"

박수 소리가 끊기지 않자 이화중선이 임방울에게 말했다.

"자네가 나가서 저 사람들 설움 좀 풀어주게. 나는 나이가 많아서 그런지 벌써 기운이 좀 달려서 좀 쉬어야겠네. 〈적벽가〉 '군사 설움

타령' 어떤가?"

"그럼 다 울 텐디."

"울어야 가슴에 맺힌 설움이 풀린다네."

"알겠소."

임방울이 부채를 들고 무대에 다시 올랐다. 이화성이 북을 들고 따라 올라갔다.

"고맙습니다. 머나먼 곳에 오셔서 얼마나 고생이 많으십니까? 고향에 두고 온 식구들 생각 많이 나시지요? 여러분들을 고향에 데리고 가지는 못하겠지만 가슴 속에 쌓인 설움 한 조각은 풀어드리고자 합니다. 적벽가 중 군사 설움 들려 드리겠습니다."

따닥!

"어이!"

부모 생각, 자식 생각, 아내 생각으로 이어지는 군사 설움 타령은 삼국지 적벽대전을 판소리로 만든 〈적벽가〉에 나오는 소리였다. 임방울이 진양조장단의 느린 가락에 걸걸한 목소리를 얹어 '부모 생각' 대목을 노래하자 노무자들은 옷소매로 눈물을 닦아내며 부모님 생각에 한숨을 쉬었다. '부모 생각'이 끝나자 이화성이 자진모리장단으로 장단을 바꿔 쳤다. 자식을 어렵게 얻어 금지옥엽 기르다가 전쟁터에 나오게 된 사연을 빠르게 부르는 대목이었다.

여봐라 군사들아 이 내 설움을 들어라.

나는 남에 오대 독신으로 열여섯에 장가들어
사십이 근하도록 슬하 일점 혈육이 없어
부부 매일 한탄 온갖 공을 다 드린다.◆

　노무자들은 노래 소리를 들으며 자기의 인생을 떠올렸다. 내가 몇 살에 혼인을 했더라, 우리 새끼들은 몇 살에 낳았더라, 새끼들은 어떻게 키웠더라? 방글방글 웃는 아기들한테 먹을 걸 제대로 못 먹여 자주 울렸던 아픈 기억도 떠올랐다.

아이고 허리야 혼미 중에 탄생하니
딸이라도 반가울 때 아들을 낳았구나.
얼굴은 관옥이요 풍채는 두목지라
깨목 불고초 자지가 대랑대랑 달려
열손에다가 떠받들어 땅에 뉘일 날이 전혀 없고
오줌똥을 다 가리고 삼칠일이 다 지내 오륙삭 넘어가니
터덕터덕 노는 양 빵긋 웃는 양
엄마 아빠 도리도리 쥐암쥐암 잘캉잘캉 섬마 둥둥 내 아들

◆ 〈적벽가〉중 '군사 설움', 임방울

207

임방울이 어린아이 키우는 노래를 하자 어린 자식들을 떼어 놓고 온 가장들 눈에 눈물이 그렁그렁 맺히기 시작했다. 눈에 넣어도 아프지 않을 자식들이 눈에 삼삼하게 그려졌다.

난리를 당하여서 사당문 열어놓고 통곡재배 하직헐 적에
갓난 어린 아기 안고 누워 등을 치며 여보시오 마누라
부디 이 자식을 잘 길러 나의 후사를 전해주오.
생이별을 하직허고 전장에를 나왔으나 언제나 내가 다시 돌아가
그리운 자식을 품 안에 안고 아가 응아 어루어 볼거나.
아이고 아이고 아이고 아이고 아이고 아이고

임방울이 노래를 끝내자 간신히 참고 있던 사람들의 울음보가 터져버렸다. "으어엉!" 큰소리를 내며 우는 사람도 있었다. 부모 생각, 자식 생각, 아내 생각, 고향에서 뛰어놀고 농사짓던 생각이 범벅이 되어 가슴을 후벼놓았다. 어쩌다가 이런 멀고 먼 땅에 잡혀 와서 이 고생인가? 언제 다시 만나랴? 도저히 참을 수가 없는 슬픔으로 가슴은 칼로 도려내는 것 같았다. 사람들이 너무 많이 울자 경찰은 무슨 일이 날까 봐 무대에 올라가서 임방울을 막았다.

"누가 이런 노래를 부르라고 했나? 당장 내려가!"

임방울은 무대를 끝마치지 못하고 내려와야 했다. 노무자 위안 공연은 그렇게 엉성하게 마무리됐다.

가극단 단원들은 저녁밥을 먹으러 나가사키항 골목으로 들어갔다. 크고 작은 간판을 요란하게 단 상점들이 늘어서 있는 골목은 사람들로 크게 붐볐다. 전깃불을 환히 밝히고 커다랗고 붉은 간판을 걸어놓은 식당들이 맛있는 냄새를 풍기며 손님을 끌었다.

찬바람에 몸을 잔뜩 웅크리고 걷던 단원들이 음식점으로 바삐 들어갔다. 식당 안에는 자리가 거의 없었다. 키가 훌쩍 크고 얼굴이 하얀 서양 사람들도 많고 쌀라쌀라 떠들어대는 중국 사람들도 많았다. 역시 나가사키는 국제도시였다. 임 단장이 겨우 빈방 하나를 찾아냈다.

"저 방으로 들어갑시다."

단원들이 방에 들어가 자리에 앉자 점원이 따뜻한 보리차가 담긴 주전자를 가지고 왔다. 물잔에 보리차를 따르자 김이 모락모락 일어났다. 다들 물잔을 두 손으로 감싸 쥐었다.

"아, 따뜻해."

이제야 단원들의 웅크린 어깨가 펴졌다. 추운 날씨에 무거운 짐 가방을 하나씩 들고 어깨에 메고 다니느라 몸이 다 굳어 있었던 것이다. 일본 말을 잘하는 임 단장이 점원에게 이것저것 음식을 시키면서 따뜻한 사케를 먼저 달라고 했다.

"자, 한 잔씩 받으시지요. 공연하느라 고생하셨습니다."

임 단장은 단원들의 술잔에 술을 한가득 따랐다. 단원들은 단숨에 들이켰다. 목을 타고 내려오는 따뜻한 술이 기분 좋게 몸을 데워줬다.

"아까 하마터면 큰일 날 뻔했소. 괜히 군사 설움을 불러가지고."

임 단장의 말을 이화중선이 얼른 받았다.

"그래도 군사 설움 부르길 잘했다고 생각합니다. 덕분에 노무자들이 실컷 울었잖아요. 가슴에 맺힌 응어리가 조금은 풀렸을 겁니다."

이화중선이 그렇게 말하자 아무도 더 이상 뭐라 하지 않았다. 다음에는 절대 이런 노래 안 부르겠다고 경찰과 각서를 쓰는 것으로 무마가 되었지만 자칫 잡혀갈 수도 있었다. 그러니 임 단장이 걱정할 수밖에 없었다.

"그 사람들 밥이나 제대로 먹고 사는지 원. 다들 비쩍 마르고 날도 추운데 옷도 제대로 입은 사람이 없더군요."

"그러게요. 노래를 듣고 통곡하던 나이 어린 남자아이들을 보니 저도 눈물이 나더라고요."

"이제 열댓 살이나 됐을까 싶은 사내아이들까지 이렇게 멀리 끌고 왔다니."

임방울이 침울한 목소리로 말했다.

"우리 단원들은 어디서 뭘 하고 있을까요?"

"그러게 말일세. 누가 소식이라도 전해 줬으면 좋으련만."

그때 누가 방문을 두드렸다.

"누구지? 벌써 음식이 나왔나?"

문 앞에 앉아 있던 이화중선이 문을 열었다.

"선생님! 접니다, 강만식."

시커먼 얼굴을 한 사내가 이화중선을 불렀다.

"뭐라고? 강만식?"

"아이고! 만식아!"

사람들이 강만식이라는 소리에 모두 고개를 돌렸다. 얼굴이 시커 메서 바로 못 알아보았지만 목청이 좋아 명창으로 키우려 했던 강만 식이 맞았다.

"만식아!"

이화성이 달려가 강만식을 부둥켜안았다. 이화중선과 다른 단원들 도 강만식을 얼싸안고 눈물을 흘렸다.

"무사했구나. 이렇게 만나다니 아이고 천만다행이다. 다행이야!"

이화중선이 강만식의 얼굴을 매만지며 눈물을 흘렸다.

"그래, 몸은 괜찮고? 탄광에서 일한 거야?"

"네, 아무리 세수를 빡빡 해도 예전 얼굴로 돌아가지 않습니다."

강만식은 겸연쩍게 웃었다. 얼굴뿐 아니라 손톱도 새까맣고 옷도 형편없었다.

"어서 들어와."

그런데 방으로 들어오는 강만식의 한쪽 발목이 없었다. 다들 눈이 휘둥그레져서 물었다.

"너 어떻게 된 거야?"

"좀 다쳤어요. 다쳐서 더 이상 일을 못 하게 되니 풀려난 거예요."

"뭐라고?"

강만식은 다쳐서 풀려났지만 조선에 돌아갈 돈이 없어서 배를 못 타고 나가사키 이곳저곳을 떠돌며 날품팔이로 근근이 먹고 살아가고 있었다고 했다. 그러다 노무자 위문 공연이 있다는 소식을 들으면 혹시나 하고 늘 공연장을 기웃거려 왔다. 돈이 없어 공연장에 들어가지는 못하고 바깥에서 기웃거렸는데 이번에는 무료 공연이라 공연장에 들어갈 수 있었고 임방울을 보자 숨이 멎는 줄 알았다. 결국 이런 날이 왔다며 울면서 공연을 봤다. 그리고는 공연이 끝나자 단원들을 쫓아서 절뚝거리며 여기 식당까지 왔던 것이다.

"그래, 어디서 일했는데 이렇게 많이 다친 거여?"

강만식은 나가사키에 도착한 뒤 단원들과 헤어져 작은 배에 실려 또다시 바다로 나아가야 했다. 나기사키항이 눈에서 멀어지고 얼마를 더 가자 섬인지 큰 배인지 알 수 없게 생긴 기괴한 모양의 섬이 나타났다. 일본 사람들은 그 섬을 '군함도'라고 불렀다. 배가 군함도 선착장에 닿자 몽둥이를 든 거친 일본인들이 조선 사람들을 기다리고 있었다. 조선인들이 쭈뼛거리며 내리자 그들은 기다렸다는 듯이 몽둥이를 내리치며 소리쳤다.

"어서 가라! 더러운 조센징들!"

"환영한다! 조센징들! 하하하!"

영문도 모르고 몽둥이찜질을 당한 사람들은 가슴이 졸아붙어 아무도 입도 뻥긋 못하고 그들이 끌고 가는 대로 끌려갔다.

"여기는 일본 제국의 발전과 승전을 위해 석탄을 보급하는 하시마 탄광이다. 오늘부터 너희들에게 대일본 제국을 위해 충성할 기회를 주겠다. 열심히 일해서 돈도 벌고 천황폐하께 충성하도록 하라! 알았나?"

사람들이 대답을 안 하자 몽둥이를 든 사람들이 몰려들어 다시 마구 때리기 시작했다. 한차례 매타작이 지나간 뒤 십장◆이 다시 한번 소리쳤다.

"알았나?"

"예!"

사람들은 이제 어떻게 해야 살아남을 수 있을지 알아챘다. 목욕탕으로 끌려간 사람들은 목욕을 한 뒤 일본인들이 주는 작업복으로 갈아입고 긴 양말을 신은 뒤 나무로 만든 게다◆◆를 신었다. 머리에는 랜턴이 달린 안전모를 쓰고 수건 하나를 목에 건 뒤 탄광으로 들어갔다. 그 위험한 일을 하는데 안전장비는 안전모 하나가 전부였다.

"일은 하루에 8시간씩 3교대로 한다. 하지만 작업량을 못 채우면 초과 근무를 실시한다. 그러니 빨리 끝내고 나오고 싶으면 게으름 피우지 말고 부지런히 석탄을 캐라. 알겠나?"

강만식은 어안이 벙벙하고 기가 찼지만 두들겨 맞기 싫어서 저항도 못 하고 다른 사람들과 똑같이 탄광으로 들어갔다. 탄광으로 들어

◆   일꾼들의 우두머리
◆◆ 일본인이 신는 나막신

가는 길은 꽤 넓고 선로가 깔려 있었다. 어두운 동굴 속으로 한참을 걸어가니 철문이 나왔다.

"승강기다. 이걸 타고 내려간다. 스무 명씩 타라."

강만식은 정말이지 들어가고 싶지 않았다. 저걸 타면 끝장일 것 같은 두려운 마음이 밀려들었다. 하지만 안 탈 수가 없었다. 두꺼운 쇠창살로 만들어진 승강기에 오르니 우리에 갇힌 동물이 된 기분이었다. 사람들이 빼곡하게 타자 철문이 닫히고 승강기가 아래로 내려가기 시작했다. 승강기는 지하 600미터까지 내려가고서야 멈췄다.

하루가 어떻게 갔는지 모르게 지나갔다. 다시 승강기를 타고 올라가 굴 밖으로 나왔을 때는 이미 깜깜한 밤이었다. 아침 9시에 들어갔는데 밤 9시가 다 돼서 나온 것이다.

"아니, 8시간 근무라며 어찌 이렇게 늦게 나온 겁니까?"

강만식이 선배 노무자에게 조용히 물었다.

"8시간 3교대는 일본인들이나 하는 거여. 조선인들은 그런 거 없어. 맨날 하루 작업량 못 채웠다고 이렇게 늦게까지 일을 시키지. 여기서 조선인들은 햇빛 보기 힘들어."

강만식은 이 지옥 같은 곳에서 살아갈 생각을 하니 숨이 턱 막히고 온몸에 힘이 빠졌다.

그렇게 몇 달이 지난 어느 날이었다. 함바집◆에서 허전한 아침밥

◆　일제 강점기 노동 현장에 동원된 노동자들의 숙식을 해결하기 위해 지어 놓은 간이 숙소

을 먹고 허술한 도시락을 챙겨 들고 죽지 못해 또다시 탄광으로 들어가던 그날, 강만식은 그날따라 더더욱 탄광에 들어가고 싶지 않았다. 그냥 이대로 바다에 빠져 죽고만 싶었다.

며칠 전에는 도망가다가 잡힌 동료가 모두가 보는 앞에서 죽을 만큼 매타작을 당했다. 그러고도 모자라 밥을 굶긴 채 무릎을 꿇린 다음 무거운 바위를 무릎에 올려놓는 벌을 받았다. 그 사람은 밤새 지옥 같은 형벌에 진땀을 흘리며 끙끙거리다 결국 죽고 말았다. 그런 일이 있으니 더 살맛이 안 났다.

다이너마이트 터지는 소리가 꽝! 꽝! 울렸다. 하도 많이 들어 이제 놀라지도 않았다. 그렇게 터뜨린 뒤 갈라진 광석을 곡괭이로 캤다. 똑바로 서서 캘 수도 없는 곳에서는 누워서 캤다. 너무 더워 옷이고 뭐고 다 벗고 훈도시◆ 하나만 걸치고 일을 했다. 온도만 높은 게 아니라 습도가 하도 높아 온몸은 금세 땀으로 뒤덮였다.

탕 탕 탕 탕!

점심시간을 알리는 소리였다.

단무지 두 쪽이 들어가 있는 보리밥 도시락을 까먹으며 몇 마디 나누자 밥은 순식간에 사라졌다. 밥을 다 먹고 다시 일을 시작하려고 할 때였다.

"비켜!"

◆　일본의 전통 속옷

내리막길에 탄차◆를 받쳐 놓은 돌이 무거운 탄차를 견디다 못해 옆으로 빠져버렸다. 위에 있던 사람들의 외침보다 탄차가 먼저 내려 갔다. 아래쪽에 앉아 있던 사람들이 피할 시간은 전혀 없었다.

"악!"

"으악!"

강만식은 병원에서 정신을 차렸다. 온몸이 몽둥이로 얻어맞은 것 처럼 아파서 도저히 일어날 수가 없었다.

"어? 내 다리? 내 다리!"

간신히 고개를 들고 보자 발 하나가 사라진 채 다리가 붕대로 칭칭 감겨 있었다. 강만식은 울부짖다 기절했다.

이화중선과 단원들은 강만식의 이야기를 들으며 눈물을 흘렸다.

"아이고 만식아! 그래도 이렇게 살아서 다시 보니 좋기만 하다."

이화중선이 강만식을 안아주며 말했다.

"군함도에서 나가사키항으로 버려지듯이 쫓겨났어요. 1년 가까이 일했지만 그놈들이 준 돈으로는 방 하나 얻을 수 없었어요. 간신히 이집 저집 헛간이며 처마 밑에서 하루하루 살았어요. 마음씨 착한 일 본 사람들한테 밥을 얻어먹으며 지금까지 버틴 거예요. 몇 번이고 바 다에 몸을 던지려고 했지만 소문을 들으니 전쟁이 조만간 끝날 것 같

◆　석탄을 나르는 수레

아서 이를 악물고 버티고 또 버텨왔어요. 그동안 얼마나 힘들었는지 도저히 다 말할 수가 없어요. 흑흑흑."

강만식은 그동안 참았던 눈물을 쏟아냈다. 발목이 잘린 채 쫓겨나 거지꼴로 나가사키를 헤맨 지난 세월, 그동안 누구한테 하소연도 못 하고 참아왔던 눈물이 끝없이 쏟아졌다. 다들 한참을 같이 울었다.

"만식아, 이제 우리랑 같이 조선으로 돌아가자."

이화중선이 강만식을 토닥이며 말했다.

"아무렴, 발목 그거 하나 없다고 소리를 못 하겠냐? 아무 걱정 말고 다시 대동가극단으로 들어와라."

"선생님! 흑흑흑. 몸도 성치 않은데 어디다 쓴다고 극단에 다시 들 어오래요. 흑흑."

임방울의 말이 고맙기도 하지만 자기 신세가 너무 비참해 강만식 이 또다시 통곡했다.

"아, 소리를 발목으로 하던가? 목소리만 멀쩡하면 됐지. 두 손도 멀 쩡하니 북도 치고 장구도 칠 수 있겠구먼. 걱정하지 말게. 그까짓 발 하나 없어도 천하의 강만식은 강만식이여!"

임방울이 너스레를 떨며 말하자 강만식은 눈물을 훔치며 웃었다.

"자자, 어서 밥 먹읍시다. 만식이가 돌아왔으니 이 식당에서 가장 비싸고 맛있는 걸로 먹읍시다."

임종원 단장이 큰 목소리로 점원을 불렀다. 단원들은 눈물을 닦고 모두 오랜만에 즐겁게 웃었다.

"이거 큰일 났습니다. 우리가 묵을 방이 없어졌습니다."

"네? 방이 없어지다니요?"

"오늘 떠나기로 한 포르투갈 상인들이 파도가 높아서 배를 못 띄웠다고 합니다. 여관에는 방이 하나밖에 안 남았다고 합니다."

"그래도 우리가 선금을 주고 예약한 것 아닙니까?"

"포르투갈 상인들이야 돈이 많으니 여관비를 몇 곱절 더 준다고 했겠지요."

이화중선 일행은 모두 난감한 표정으로 서로를 쳐다봤다. 조선 땅도 아닌데 갑자기 어디서 방을 구한단 말인가? 열 명이나 되는 사람들을 방 하나에 다 재울 수는 없는 일이었다.

"나가사키항에서 배 타고 조금만 나가면 조선 사람들이 사는 작은 섬이 있다고 합니다. 거기 가면 재워 줄 집이 있다고는 합니다만."

"파도가 이렇게 높은데 어떻게 배를 띄운단 말입니까?"

"큰 배는 몰라도 작은 배는 오히려 파도를 타고 다니니 더 안전하긴 합니다."

임 단장의 말에 모두 할 수 없다는 표정을 지었다.

"저랑 여자 단원들이 섬으로 들어갈 테니 여러분들은 만식이랑 여관에서 주무세요. 만식이가 다리도 불편하니 멀리 가기 힘듭니다. 배에 많이 탈 수도 없으니 여자 다섯 명만 가도록 하겠습니다."

"여자분들이 여기 있는 게 좋은데, 이거 죄송합니다."

"임 단장이 죄송할 게 뭐 있습니까? 걱정하지 말고 어서 가세요."

"저도 섬으로 가겠습니다. 여자분들만 보내려니 마음이 안 놓입니다."

평소에도 이화중선을 각별히 챙기던 고수 박 씨가 나섰다.

"박 씨가 함께 가주신다면 더 안심이긴 합니다만."

단원들 모두 배가 들어오는 나가사키 항구로 갔다. 뱃사공이 작은 나룻배 하나를 부두에 가까이 대고 있었다. 출렁이는 파도 때문에 배가 가만있지 않았다.

"조심해서 가십시오."

"내일 봅시다. 우리 걱정 말고 어서 가세요."

이화중선은 안타까워하는 강만식의 손을 잡고 말했다.

"만식아, 네가 살아 돌아와서 정말 좋구나. 조선 사람들 모두 다 이렇게 살아왔으면 좋겠다. 어서 푹 쉬어. 내일 보자."

강만식은 오랜만에 만난 이화중선과 헤어지는 게 몹시 아쉽고 안타까웠다. 왠지 불안한 느낌이 들었지만 뭐라 말할 수 없어서 고개만 끄덕였다.

뱃사공이 노를 젓기 시작하자 조각배는 파도에 실려 넘실넘실 조금씩 앞으로 나아갔다. 이화중선은 단원들이 보이지 않자 목적지인 작은 섬으로 눈을 돌렸다.

해는 이미 져서 세상은 어둠에 싸이기 시작했지만 날이 흐려서 별은 보이지 않았다. 해가 넘어간 동쪽 하늘에는 아직 엷은 보랏빛이 감돌았다. 이화중선은 어릴 적 남원 덕음봉에서 소리 연습하다가 봤

던 저녁노을이 생각났다. 너무나 아름다워 넋을 놓고 바라봤던 그 저
녁노을, 하나씩 돋아나던 어여쁜 작은 별들. 여기서는 안 보이지만
조선 땅에서는 별이 보일지도 모른다는 생각에 '형제 별' 노래를 낮
게 흥얼거렸다.

날 저무는 하늘에 별이 삼 형제

반짝반짝 정답게 지내이더니

웬일인지 별 하나 보이지 않고

남은 별이 둘이서 눈물 흘린다.

배는 섬에 닿을 듯이 가까이 다가갔다. 그러나 파도가 점점 거칠어
져 뱃사공이 쩔쩔맸다. 파도가 바위에 사납게 부딪쳐 섬에 다가가기
가 너무나 힘들었다. 모래사장이 있는 곳으로 가야 했지만 파도가 쉴
새 없이 덮쳐와 방향을 잡을 수가 없었다.

"이러다 큰일 나겠소!"

고수 박 씨가 일어나 노를 함께 저었다. 그러나 배는 제 마음대로
움직였다. 단원들이 비명을 지르며 울기 시작했다. 한순간 이화중선
의 머리 위로 섬보다 더 큰 파도가 나타났다.

"으악!"

결국 배는 뒤집히고 말았다.

1944년 1월 1일 저녁이었다.

에필로그

1945년 한가위, 남원 금암봉.

추월은 만정허여 산호 주렴에 비치어 들 제
청천의 외기러기는 월하에 높이 떠서
뚜루루루루루루 끼룩 울음을 울고 가니
심황후 기가 막혀 기러기 불러 말을 헌다.

유성기에서 이화중선의 목소리가 흘러나왔다. 요천에서 불어오는
가을바람에 실려 이화중선의 목소리가 멀리멀리 퍼져나갔다.
"성님, 화중선 성님은 지금 편안하시겠지요?"
"그럼. 전쟁도, 신분도 없는 상제님 세상에서 편안히 살고 있겠지."

"우리나라가 해방이 된 건 알고 있을라나?"

"아무렴, 거기서는 모르는 게 없겠지."

최봉선과 조기화가 금수정에 앉아 유성기를 틀어놓고 이화중선을 그리워하고 있을 때였다. 머리를 올려 비녀를 꽂은 조갑녀가 소쿠리에 뭘 담아서 들고 올라왔다.

"기화 고모, 봉선이 이모! 달떡◆ 좀 드셔요."

"새색시가 추석이라고 달떡을 해 왔구나. 그래 맛 좀 보자."

두 사람이 조갑녀를 반갑게 맞으며 달떡 하나를 집어 들었다.

"맛나구나. 큰 살림하느라 힘들 텐데 우리까지 챙기느냐. 고맙다."

"네가 시집을 일찍 잘 가서 이리 잘 사니 얼마나 다행이냐?"

"그러게요. 해방이 됐는데도 동무들은 왜 돌아오지 않는 걸까요?"

조갑녀는 권번에서 함께 공부하고 놀이하던 동무들이 돌아오기를 이제나저제나 기다렸다. 해방된 지 한 달이 넘었지만 아무도 돌아오지 않았다. 징용에 끌려간 남자들도 돌아오는 사람이 얼마 없었다. 조선에 살던 일본 사람들은 죄다 일본으로 돌아가고 있는데 돌아와야 할 조선 사람들은 돌아오지 않고 있었다.

"설마 어디서 다 죽었을까요? 히로시마, 나가사키에 무서운 원자폭탄이 터져서 조선 사람들도 엄청나게 죽었다던데."

히로시마, 나가사키뿐이 아니었다. 일본이 전쟁터로 끌고 간 조선

◆ 남원 지방에서 송편 대신 해 먹던 반달 모양의 떡

사람들은 수많은 이유로 죽고 말았다.

보름달이 산등성이에 둥실 떠올랐다. 조갑녀가 달을 먼저 보고 소리쳤다.

"와! 달이 떴어요. 엄청 큰 달이에요."

"갑녀야, 너 오랜만에 춤 좀 춰봐라. 이화중선 성님이 하늘에서 보면 좋아하실 게다."

"그래, 화중선 성님뿐만 아니라 일제 치하에 죽은 동포들을 위해서 네가 살풀이 한번 춰 주려무나. 그렇게라도 명복을 빌어주자. 그게 우리같이 예술 하는 사람들이 할 수 있는 최상의 제사가 아니겠느냐?"

조기화는 금수정 앞에 작게 지어놓은 오두막에 가서 꽹과리와 장구를 가지고 나왔다. 최봉선은 꽹과리를 잡고 조기화는 장구를 잡았다. 조갑녀는 금수정 가운데 두 발을 어슷하게 벌리고 서서 한쪽 발가락 끝을 살짝 세웠다. 최봉선이 꽹과리를 치며 구음◆을 시작했다.

나나나 나니나 나니나 다다
디리릿디 다디나디다 나나나◆◆

◆　악기처럼 입으로 내는 소리

◆◆ 〈구음〉, 우리나라 최초의 여성 상쇠 장봉녀 예인의 음성 ⓒ장봉녀

장단이 흐르자 조갑녀는 왼손으로 치맛자락을 살짝 거머쥐어 허리 뒤로 틀어 올렸다. 그리고 오른손은 치마를 가볍게 스친 뒤 달이 뜨 듯이 아주 천천히 둥글게 들어 올려 허공에서 멈췄다. 요천에 퍼져나 가는 장단 소리에 맞춰 조갑녀는 무겁게 몸을 움직이며 허공에다 손 으로 그림을 그렸다. 한발 한발 뒤꿈치를 꾹꾹 누르며 내딛는 묵직한 춤사위가 금수정을 가득 채웠다. 둥근 달이 교룡산 위에 멈춰 서서 세 사람을 환히 비췄다.

　소슬한 저녁 바람을 타고 화살 모양으로 너울너울 떼 지어 날아가 던 기러기들이 세 사람의 소리와 춤을 물고 훤히 뜬 달 속으로 날아 갔다.

작품 속으로

이화중선의 생애

본명은 이봉학(1899~1944)이고 화중선은 예명이다. 일제 강점기 여성 명창으로는 처음으로 일본에 가서 판소리를 녹음했다. 총 160장의 음반을 냈는데, 이것은 남자 최고 명창이었던 송만갑(87장), 임방울(약 140장)의 기록을 훨씬 뛰어넘는 것이다.

당시 사람들은 이화중선을 '소리 보살'이라고 불렀다. '보살'은 부처님처럼 사람 마음을 잘 헤아리며 착하고 너그러운 사람을 이르는 말이다. 일제 치하에서 고생스럽게 사는 조선 민중들의 마음을 부처님처럼 잘 헤아리고 위로해 주는 소리꾼이었기에 그렇게 불린 것이다.

이화중선이 대동가극단을 만들어 전국에 순회공연을 다녔으며 수재민 돕기, 기근민 돕기, 야학 돕기 공연을 했다는 신문 기사가 많이 남아있다. 중국 땅인 룽징(용정)까지 가서 독립 자금을 전달했다고 전하며, 일본 나가사키에서 힘든 노동에 시달리는 동포들을 위한 위문 공연에 갔다가 풍랑에 배가 뒤집혀 1944년 1월 1일 저녁 7시경 사망했다.

이화중선이 부른 〈남도단가〉, 〈강산유람〉, 〈죽장망혜〉가 실린 음반(국립민속박물관)

소설 속 판소리 명창

• 송만갑(1866~1939)

송만갑은 판소리 명문가에서 태어났다. 7세부터 아버지에게 소리를 배워 어린 나이에 이미 명창 소리를 들었다. 조선 시대 말기 고종 황제가 조선 성악을 부흥하고자 원각사를 세웠는데, 송만갑은 이곳의 간부로 일하며 전통 판소리를 창극으로 재탄생시켰다. 작품에 등장하는 조선성악연구회를 설립한 핵심 인물이며 많은 제자를 키워냈다.

• 이동백(1866~1949)

본명은 이종기이며 동백은 아명◆이다.
여러 스승을 거치며 소리 공부를 하다가
산과 절을 다니며 홀로 소리 연습에 매진
하였다. 경상남도 창원에서 주로 활동하
다가 46세에 서울로 올라와 원각사에서
창극을 공연하였다. 고종이 그의 소리를
즐겨 들었다고 전해진다. 조선성악연구회
를 조직한 인물 중 하나이다.

• 김창룡(1871~1935)

김창룡은 명창으로 유명했던 아버지 김정
근에게 소리를 배웠고, 13세 때에는 이날치
명창에게 1년간 판소리를 배웠다고 한다. 송
만갑, 이동백과 함께 조선성악연구회를 만
들었으며 창극 공연에도 참여하였다. 그가
녹음한 음반은 경기도와 충청도 지역에서
전승되는 중고제 판소리 연구에 귀중한 자
료가 되었다.

◆　아이 때의 이름

• 정정렬(1876~1938)

조선성악연구회의 상무이사로 활동한 정
정렬은 창극 발전에 지대한 영향을 미친 인
물이다. 1930년대 춘향전과 심청전 창극 공
연이 엄청난 흥행을 거두었다. 정정렬 명창
은 수많은 제자를 지도하고 음반을 남겼다.
그중에서도 특히 춘향가를 오랜 시간 연구해
발전시켰다고 한다.

• 김초향(1900~1983)

가난한 집안에서 태어난 김초향은 어릴 적부터 소리에 재능을 보
였다. 당시 명창으로 유명했던 김창환과 송만갑이 김초향의 실력을
눈여겨보고 가르침을 주었다. 조선성악연구회에서 활동하며 소리꾼
교육에도 힘썼다. 작품 속에서 이화중선과 함께 흥보가 중 '흥보 박
타는 대목'을 부르는 것으로 나왔는데, 실제로 흥보가를 잘 불렀다고
전해진다.

● 이중선(1911~1934)

이화중선과 함께 자매 명창으로 이름을 알렸
다. 홍타령과 육자배기 가락을 잘 불렀고, 언니
인 이화중선과 함께 전국을 돌며 공연했다. 순
회공연을 할 때 이중선이 춘향을 맡고 이화중
선이 이몽룡 역을 맡아 공연했다는 기록이 있
다. 젊은 나이에 병으로 세상을 떠났다.

● 임방울(1904~1961)

본명은 임승근인데 방울 같은 소리를 내며 크라고 방울이라 불렀
다고 한다. 임방울은 타고난 목청으로 어떤 노래든 소화해 내는 천재
였다. 동양극장에서 춘향가 중 '쑥대머리'를 불러 이름을 알렸다. 동
양극장에서의 공연을 계기로 임방울은 유명세를 떨쳐 쑥대머리를
녹음한 음반은 무려 120만 장 정도 팔렸다고 전해진다.

• 박녹주(1905~1979)

박녹주는 박기홍, 송만갑, 이동백, 김창룡, 정정렬 등 판소리계에서 알아주는 스승을 거치며 소리를 공부했다. 박녹주의 소리에 감동한 당시 전라남도 순천의 갑부 김종익이 한옥을 마련해 조선성악연구회 세우는 데에 크게 기여했다. 조선성악연구회 창립 공연으로 춘향전 창극을 올렸을 때 춘향 역을 맡아 공연하기도 했다. 여러 레코드 회사와 계약해 많은 음반을 남겼다.

• 심화영(1913~2009)

심화영의 승무는 충청남도 무형문화재 제27호로 지정될 정도로 뛰어나다. 국악인 집안에서 자란 심화영은 오빠인 심재덕에게 판소리를 배웠고, 당시 승무로 유명했던 방 씨에게 승무를 전수 받았다고 한다. 중고제 판소리를 이어 나간 국악인이다.

판소리란?

판소리는 부채를 든 소리꾼이 고수의 북장단에 맞추어 창(소리), 아니리(말), 너름새(발림)를 섞어가며 이야기를 엮어가는 음악이다. 2003년 유네스코 인류무형문화유산에 등재되었다.

판소리 용어

- 소리(창) : 노래
- 아니리(말) : 판소리의 내용을 말하듯이 전달하는 것
- 너름새(발림) : 판소리를 부르면서 하는 몸짓
- 추임새 : 고수나 청중의 "얼쑤!", "좋다!", "잘한다!" 등의 호응

판소리 다섯 마당

판소리는 처음에 열두 마당으로 시작했지만 전승되는 과정에서 다섯 마당이 남았다. 작품에서 이화중선을 비롯한 소리꾼들이 부르는 판소리는 이 다섯 마당의 작품 중 한 대목이다.

• 심청가

효녀 심청은 앞이 안 보이는 아버지를 위해 공양미 삼백 석에 팔려 갔다. 인당수에 빠진 심청은 용왕이 구출해 왕비가 되어 아버지를 찾기 위해 맹인 잔치를 열었다. 딸을 다시 만난 심 봉사는 눈을 뜬다.

• 춘향가

기생인 월매의 딸 성춘향과 남원 부사의 아들 이몽룡이 사랑하다가 이몽룡이 한양으로 떠나게 된다. 새로 부임한 변 사또의 수청을 거절해 옥에 갇힌 춘향을 이몽룡이 암행어사로 돌아와 구하고 혼인하여 행복하게 산다.

• 흥보가

돈 많고 심술궂은 형 놀부와 가난하고 착한 아우 흥부가 살았다. 흥부는 다리가 부러진 제비를 고쳐주고 얻은 박에서 보물이 나와 부자가 되었다. 이 말을 들은 놀부가 제비 다리를 부러뜨려 고쳐주고 얻은 박에서는 요괴가 나와 망하고 만다.

• 수궁가

병든 용왕을 고칠 토끼의 간을 얻기 위해 자라는 토끼를 속여 용궁으로 데려온다. 토끼는 간이 없다는 말로 용왕을 속이고 무사히 육지로 도망친다. 지역에 따라 〈토끼타령〉, 〈별주부타령〉, 〈토별가〉 등으로 다양하게 불린다.

• 적벽가

중국 삼국시대를 다룬 소설 《삼국지연의》의 적벽대전의 부분을 바탕으로 한 판소리다. 유비, 관우, 장비의 도원결의로 시작해 조조가

적벽대전에서 크게 패배했다가 다시 돌아오는 부분까지 다루고 있다. 원작과 달리 전쟁에 동원된 군사의 입장에서 이야기하는 대목이 등장한다.

을축년 대홍수

1925년 한반도에는 네 개의 태풍이 지나갔다. 1차(7월 중부 지방), 2차(7월 황해도 북부), 3차(8월 북부 지방), 4차(9월 남부 지방)에 걸친 태풍과 집중 호우로 한반도 전체가 엄청난 홍수 피해를 입었다.

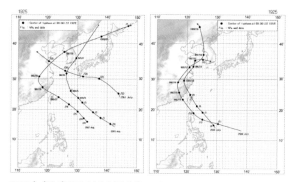

1925년 태풍 경로도(기상청,《태풍백서》, 2011)

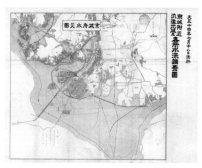

을축년 대홍수 당시 서울 지역의 피해를 기록한
〈경성부수재도京城府水災圖〉(서울역사박물관)

일제 강점기 철도 노선도

　일제는 한반도의 가축, 쌀, 문화재를 포함해 수많은 물자를 일본으로 가져가기 위해 조선 땅 구석구석에 철길을 깔았다. 철길은 인천, 부산, 군산, 청진 같은 지역의 큰 항구 도시에 닿도록 설계되었다.

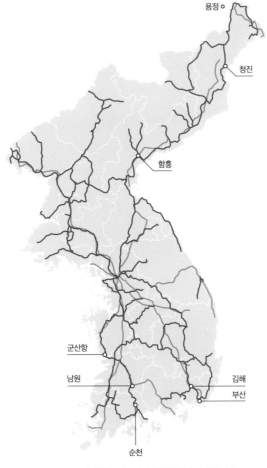

1945년 한반도 철도망과 이화중선이 방문한 지역

237

사진으로 만나는
작품 속 공간

명동촌의 중심, 용정 명동 학교와 명동교회

 일제에 나라를 빼앗기자 생계유지와 독립운동을 위해 중국 동북 지역(만주)으로 이주한 사람들이 모여서 명동촌이라는 한인사회를 이루었다. 그중에 명동 학교와 명동교회는 수많은 독립운동가를 배출하고 독립군을 지원했다.

명동촌과 선바위(한국학중앙연구원)

복원된 명동 학교(위)
와 명동교회(아래)
(한국학중앙연구원)

일본 나가사키항과 군함도

나가사키는 일본 규슈에 있는 큰 항구도시다. 임진왜란 때는 이 항구를 통해 조선인 포로들이 포르투갈 노예시장으로 팔려 나갔다. 나가사키항에서 배를 타고 30분 정도 가면 군함 모양의 섬이 나오는데 지하에 많은 양의 석탄이 매장되어 있다. 군함도 하시마 탄광은 조선인 강제 노동 현장으로 유명하다.

나가사키항(위)과 군함도 하시마 섬(아래)(사진: 김양오)

조선인 강제 징용 희생자 위령탑

일본 후쿠오카 오무타시 공동묘지 산 위에 있다. 재일교포 우판근 씨와 교포들의 끈질긴 노력 끝에 일본에서 강제 징용을 인정한 첫 사례로 세워진 탑이다. 오무타시는 땅을 무상으로 제공했고 미쓰비시 3개 회사는 비석 제작 비용을 지원했다.

강제 징용 희생자
위령비(사진: 김양오)

군산 내항에 있는 뜬다리

서해안의 특성상 썰물 때 갯벌이 드러나 배를 부두에 대기 어려워
고안한 특별한 인공 주조물. 쌀 수탈을 편하게 하기 위해 만든 다리
다. '부잔교'라고도 한다.

군산 뜬다리(사진: 김양오)

804 쌀 탑

군산 축항을 기념하기 위해 804개의 쌀가마로 만든 쌀 탑. 일제 강
점기 쌀 수탈의 상징이다.

제3차 군산항 축항공사 기념탑(호남관세박물관)

참고 자료

- 김종혁, 《일제시기 한국 철도망 확산과 지역구조의 변동》, 선인, 2017.
- 송방송, 《한겨레음악대사전》, 보고사, 2012.
- 정범태, 《명인명창》, 깊은샘, 2002.

- 판소리 대목을 들어볼 수 있는 곳

  −〈심청가〉중 '추월만정', 이화중선
   https://gongu.copyright.or.kr/gongu/wrt/wrt/view.do?wrtSn=
   9035314&menuNo=200026

  −〈춘향가〉중 '자진사랑가', 이화중선
   https://gongu.copyright.or.kr/gongu/wrt/wrt/view.do?wrtSn
   =9035308 &menuNo=200020

  −〈적벽가〉중 '군사 설움', 임방울
   https://gongu.copyright.or.kr/gongu/wrt/wrt/view.do?wrtSn
   =9035572&menuNo=200196

대한의 독립을 노래한 소리꾼 이화중선

아리 아리 아라리요

초판 1쇄 발행 2023년 7월 27일
초판 2쇄 발행 2024년 3월 20일

글	김양오
그림	김영혜
펴낸이	박유상
펴낸곳	빈빈책방(주)
편집	배혜진 · 정민주
디자인	기민주

등록	제2021-000186호
주소	경기도 고양시 덕양구 중앙로 439 서정프라자 401호
전화	031-8073-9773
팩스	031-8073-9774
이메일	binbinbooks@daum.net
페이스북	/binbinbooks
네이버 블로그	/binbinbooks
인스타그램	@binbinbooks

ISBN 979-11-90105-58-3 (43810)